汉朔邀歌

王振升辞赋集

王振升 著

黄河出版传媒集团
阳光出版社

图书在版编目（CIP）数据

汉朔遗歌：王振升辞赋集 / 王振升著. -- 银川：
阳光出版社, 2023.11
ISBN 978-7-5525-7169-1

Ⅰ.①汉… Ⅱ.①王… Ⅲ.①赋－作品集－中国－当
代 Ⅳ.①I227.9

中国国家版本馆CIP数据核字(2023)第243692号

汉朔遗歌 ——王振升辞赋集   王振升 著

责任编辑　唐 晴 申 佳
封面设计　晨 皓
责任印制　岳建宁

黄河出版传媒集团
阳 光 出 版 社 出版发行

出 版 人　薛文斌
地　　址　宁夏银川市北京东路139号出版大厦 （750001）
网　　址　http://www.ygchbs.com
网上书店　http://shop129132959.taobao.com
电子信箱　yangguangchubanshe@163.com
邮购电话　0951-5047283
经　　销　全国新华书店
印刷装订　宁夏凤鸣彩印广告有限公司
印刷委托书号 　（宁）0027953

开　　本　710 mm×1000 mm　1/16
印　　张　11.25
字　　数　150千字
版　　次　2023年11月第1版
印　　次　2024年1月第1次印刷
书　　号　ISBN 978-7-5525-7169-1
定　　价　30.00元

目　录
Contents

中华汉字赋

汉字者，中华民族之图腾[①]，人类文化之史诗[②]。洋洋洒洒兮，凤舞龙飞；方方正正兮，博大精深。

汉字诞生，顺天合地。劳动之成果，智慧之结晶。刀耕火种，神农结绳以记事；人猿相揖，伏羲连符以为文[③]。超然悟察，启黄帝之灵感；绝然想象，开仓颉之天睛[④]。察鸟兽之影迹，理河图[⑤]之龟裂；采天地

① 中国字从甲骨、大篆、小篆、隶、楷一路演化而来，从无隔绝，从无断裂，是镌刻在中华民族基因里最深刻、最突出的符号，是当之无愧的中华图腾。

② 世界上没有哪一种文化形式比汉字更长久。汉字的形成、发展和演进就是一部世界文化史。

③ "文"与"纹"通假。

④ 古籍中称仓颉"龙颜四目"，即开天眼。相传仓颉为黄帝的左史官，他造字泄露了天机。仓颉造字成之日，举国欢腾，感动上苍，"天雨粟，鬼夜啼"。

⑤ 先圣通过对河图规律的认识，启发了创造文字的灵感。《易·系辞上》："河出图，洛出书，圣人则之。"

之灵气，捕万物之神韵。造字有规，遵循六法[①]：象形、指事，赋言以图，演话语之舞蹈；会意、形声，附言以魂，奏有形之乐章；假借、转注，润言以色，拓造字之域境。集小溪成川流，汇江河成海空。制工具以延伸手足，创文字以传递语论。仰观天，俯视地，化图为字；字成词，词成句，句成章文。

汉字演进，与时偕行。出殷墟，见甲骨，火烙于陶，铜铸于钟，金镌于鼓，刀刻于简[②]，墨书于帛，泥印[③]于纸，薪火相传，永无止境。筑杏坛[④]以播春雨，倡儒学而喻苍生。出庙堂，终神秘之像；入江湖，结布衣之情。凭李斯之勤勉，借秦皇之威风。字同体、书同文，小篆一统，终汉字之乱境[⑤]。许慎[⑥]解字，寻规辨律，偏旁部首别其类，上下左右见形声。钟繇创楷，右军八法，可演行、可化草，书写提速，出蛹化羽，浴火重生。传至今时莫能变，尽美形意继精神。

汉字有骨，形书其人。字如血，情真意切；墨乃金，

①造字有六种法则。最初是象形，再后来扩展到指事、会意、形声、假借、转注五种，其中形声法极大地扩展了汉字。
②钟、鼓、简，即钟鼎文、石鼓文和汉简（隶属）。
③最早的活字印刷用的是泥字。
④杏坛，孔子聚徒讲学的地方，也是孔子教育光辉的象征。
⑤秦统一六国前，各国文字差异很大。
⑥许慎，东汉汝南郡人，倾尽毕生精力从事文字研究，编成中国历史上第一部字典《说文解字》。因许慎的不朽贡献，后人尊称他为"字圣"。

言简意精。金石刀下留阔密，黑白两界自分明。甲骨古朴形象，钟鼎华贵雍容，竹简蚕头燕尾，碑刻外方内充。蔡伦造纸张，普汉字天下；毕昇创活版，文明八方播；蒙恬制毛笔，汉字书艺成。湖笔、徽墨、宣纸、端砚，文房四宝，书法之重器，文人之宝珍。书者，始于描红，学于模楷，临于墨池，成于笔冢。谋于心间，露于笔锋。识字做人，写字修身。品下书自毁，德高字长生。书圣兰亭序，溢行书之洒畅；欧阳九成宫，表正书之率更；颜鲁勤礼碑，绝大楷之苍劲；柳公玄秘塔，正架构之端方；癫张古诗帖，露草圣之超然；醉素告自叙，彰狂草之率性。东坡潇洒，孟頫柔劲。邓石如金石，凝朱白之苍美；吴昌硕书印，融众家之神韵。右任为标草，散木领书风。南沙北启①，今界闻名。书法誉天下，一字值千金。西泠社②古印今辉，荣宝斋百年兴盛。

汉字有神，文彰其品。简从锤炼出，精在推敲功。先秦诸子百花齐放，儒家学说天下正统。诗经颂古国万象，离骚抒浪漫神情。吟汉赋，赏班固之谏谕，悦相如③之丽宏；读散文，感韩柳④之鲜活，慨欧阳⑤

---

① 沙，即沙孟海；启，即启功。
② 西泠社，即西泠印社。
③ 相如，即司马相如。
④ 韩柳，即韩愈和柳宗元，古文运动的倡导者。
⑤ 欧阳，即欧阳修。

之柔美；颂唐诗，睹李白之飘逸，见杜甫之沉郁；唱宋词，叹苏辛之豪放，慕晏李^①之婉约；观元曲，享关汉卿之情韵，赞马致远之透通。览三国之恢宏，品红楼之唯美；仰史记之绝唱，敬两表^②之孝忠。文言阳春白雪，白话下里巴人。鲁迅杂文深邃，茅盾小说真情，徐志摩诗歌雅丽，朱自清散文节清。

　　汉字有容，情系乾坤。兼实用、兼意趣，亦具象、亦喻隐。读字知其意，悦美观其形。记占卜吉凶，传神灵旨意；表四海风光，叙千载文明；赞高堂明月，话世态诸形。鸟虫之书记雅言，真草隶篆载诗文。大楷为赏，蝇头^③为用。榜书^④题山川摩崖，微雕入玉牙核黍；字画悬雅宅亮堂，丹青绘雕梁画栋；对联书桃符楹偶，字虎^⑤明结彩张灯。寓言深刻，成语经典，

---

① 指晏殊、晏几道和李清照。

② 两表，指忠、孝的代表文章。言称"读诸葛亮《出师表》不哭者谓之不忠；读李密《陈情表》不哭者谓之不孝"。

③ 蝇头，即蝇头小楷。

④ 榜书，古曰"署书"，又称"擘窠大字"。明代费瀍《大书长语》曰："秦废古文，书存八体，其曰署书者，以大字题署宫殿匾额也。汉高帝未央宫前殿成，命萧何题额……此署书之始也。"

⑤ 字虎，汉字谜语的别称。

歇后诙谐；璇玑藏头①，回文意趣②，宫格巧精。史志谱牒、国书家信，法条规制、百科艺文，事业记述、生活随闻。嗟乎，汉字之用广矣，莫能备述焉。

汉字有魂，源浚流清。中华同命运，血脉与相凝。览诸国古字，盖两河楔文③、埃及象形④、腓尼基

---

① 《璇玑图》，相传是前秦时期秦州刺史窦滔之妻苏惠所作的回文诗绣品。《璇玑图》总计841字，纵横各29字，纵、横、斜、交互、正、反读或退一字、迭一字读均可成诗，诗有三、四、五、六、七言不等，可以读出2000多首诗，甚是绝妙，广为流传。武则天十分推崇出自女子之手的璇玑图，据传她本人即能读出1000多首诗。

② 回文，是我国古典诗歌中一种较为独特的体裁，形式多样，其中以回文诗最为普遍。吴兢《乐府古题要解》："回文诗，回复读之，皆歌而成文也。"创作手法上，突出地继承了诗反复咏叹的艺术特色，以达到"言志述事"的目的，有强烈的回环叠咏的艺术效果。刘坡公《学诗百法》："回文诗反复成章，钩心斗角，不得以小道而轻之。"

③ 楔形文字是源于底格里斯河和幼发拉底河流域的古老文字，约公元前3200年由苏美尔人发明，是世界上最早的文字之一。

④ 距今5000多年前，古埃及出现象形文字。古埃及人认为他们的文字是月神、计算与学问之神图特造的，类似中国人"仓颉造字"的传说。这个语种到大约4世纪，演变为科普特语。科普特语现在仅用于宗教仪式。

文①、印度梵文②，唯昔日之辉煌，或毁于天灾，或灭于人祸，俱往矣；唯我汉字，自甲骨至简字，历四千余载，薪火相传，贯通古今。承载中华文化，推动世界前进。毛笔书字艺趣高雅，硬笔写字刚劲实用；电脑键字开创速录之最，激光排版再造世界巅峰。观夫万国之文档，洋文叙述需十页，汉字表达仅六分③。点画之韵莫出右，形象之美孰可比？非拼音，铿锵顿挫；无字母，生生无穷。

汉字乃符号，方寸间变化无穷；汉字乃思想，点画中寓意深沉；汉字乃武器，提笔来点字成兵；汉字乃诗乐，书写中焕发精神。歌以咏之，词以唱之，诗以吟之，美哉、精哉、壮哉、妙哉，汉字也！

---

① 古代腓尼基人创造的字母文字，由"西奈字母"演变而成。现已消失的腓尼基文，曾影响希腊字母的创造，又由希腊字母衍生出拉丁字母和斯拉夫字母，为后世西方字母文字的起源。对阿拉美亚字母、阿拉伯文字、印度文字也有影响。

② 指梵语，汉传佛教称梵语为佛教守护神梵天所造，因此称其为梵文。梵语是印欧语系最古老的语言之一，同时对汉藏语系有很大影响。梵语是现在印度国家法定的22种官方语言之一，但已经不是日常生活的交流语言，2001年仅有1.4万人掌握该语言，是印度官方语言中使用人数最少的语言。从严格意义上来说，梵语与拉丁文、古代汉语一样，已经成为语言学研究的活化石。

③ 联合国的六种语言（英、法、西、俄、阿、中）文本中，汉语文本最薄。

黄河赋

雷霆力断千重壁，万马咆哮扑东海。伟哉黄河，育我中华民族；壮哉黄河，养我东方文采！

汤汤乎，黄河之水天上来。喜马拉雅艰冰裂，天溪圣湖泻慷慨。源巴颜喀拉，浚雪域青海。涌陇上峡谷，漫塞外莽带。伏跃黄原厚土，迂潆长城内外。驰吕梁、跃龙门、劈西岳，腾华北、穿齐鲁、泻渤海。怀秀色南国，润壮美北塞。雄山巨垒不移东归之志，戈壁寒漠岂阻哺华之怀？十二支流①合浩气，三十峡谷放豪迈。泾渭分明，汾清黑白②。沙坡望长烟落日，壶口惊溅玉飞彩。九曲十八弯，乳浆欢舞；千波万层浪，伟岸瞻台。起伏一千四百丈，尽染中华锦绣；逍遥万又九百里，流载东方神脉。神农稼穑，世无饥肠；燧人火种，苍生暖怀。陶水耜渠，先民依河而居；井

---

① 黄河的主要支流：湟水、白河、黑河、窟野河、洮河、清水河、大黑河、汾河、无定河、泾河、渭河、洛河、沁河、金堤河、大汶河。

② 指主要支流汾河、清水河、大小黑河、白河。

田巷陌，华夏立土衍开。

悠悠乎，黄河远上白云间。洛书河图，演绎周易八卦；水墨丹青，凝神龙马图览。礼乐立，经史传；百家鸣，诸星灿。孔孟行正道，老庄法天然。耕读谨循二十四节气，兵贾常凭三十六计篇①。殷墟见甲骨，仰韶连龙山。天香地色，国粹溢灿。诗词歌赋表盛世万象，曲文小说②道人间悲欢。诗李杜，文柳韩。书圣妙鹅③，颜柳楷范④；"仕女"⑤窈窕，"五牛"雄健。洛阳惊纸贵，针灸甲乙传⑥。"伤寒"愈医圣⑦之妙手，"要方"验药王⑧之法天。汉服素雅，唐装华观。少

---

① 指三十六计。
② 泛指中国的汉赋、唐诗、宋词、元曲、明清小说和散文。
③ 王羲之，东晋琅琊人，人称"书圣"。王羲之从鹅群中吸取书法灵感，有"羲之妙笔在鹅群"之说。
④ 颜真卿和柳公权的楷书为楷范，有"颜精柳骨"之称。
⑤ 指中国十大传世名画的《五牛图》和《仕女图》，泛指传统国画。
⑥ 皇甫谧，医学家、史学家，定安朝那（今宁夏彭阳县）人，著有《针灸甲乙经》。其弟子左思在皇甫谧指点下，所作《三都赋》为文人争相传抄，一时"洛阳纸贵"。
⑦ 东汉张仲景（今河南邓州市人）著《伤寒杂病论》，是中国传统医学著作之一，历代医家对之推崇至极、赞誉有加，至今仍是中医院校开设的主要基础课程之一。因张仲景的特殊贡献，被后世誉为"医圣"。
⑧ 唐代孙思邈（今陕西铜川市人）十分重视民间的医疗经验，著有《千金要方》，为唐代著名医药学家、道士，被后人尊为"药王"。

林武当威天下，太极形意①柔克坚。各路梆子②敲亮黄河儿女心中曲，诸类戏剧③荟萃中华神州大舞坛。道情、花儿、漫瀚、长调、信天游④，汇成民族大合唱；腰鼓、秧歌、说书、皮影、快板书，锦簇艺苑百花艳。筹珠精拨细打，票号⑤汇通四番。丝路畅瓷茶贸易，"两都"⑥盛状；驰道⑦宣礼邦浩德，"二京"⑧昌繁。东方红，情飞心田感党恩；黄河唱⑨，每荡热血卫家园。流域九省，恩泽五洲；哺育华族，化成威远。

恢恢乎，白马荏节渡黄河。手植柏⑩绿荫赤县，大槐树根系祖国。种五谷、尝百草、拟吕律、始蚕火，举龙旗、列井田、立市廛、做舟车。仓颉造字，人文雨粟；伏羲创易，吉凶早测。周公吐哺，天下归心；

---

① 少林、武当、太极、形意是中华传统武术最主要的流派。
② 河南、山东、中路、蒲州、上党是中国最主要的五种梆子戏。
③ 黄河流域有秦剧、晋剧、吕剧、曲剧、陇剧等诸多戏曲类型。
④ 黄河流域最主要的五种民歌形式。
⑤ 珠算由"算筹"发展而来，晋商创立世界最早的银行"票号"。
⑥ 班固，扶风安陵（今陕西咸阳市）人，创作《两都赋》。
⑦ 指秦驰道，泛指对外开放的道路。
⑧ 张衡，今河南南阳市人，代表作为《二京赋》。
⑨ 指歌曲《东方红》和《黄河大合唱》。
⑩ 指黄帝手植柏。

尧舜禅让，诸公共和①。桀纣罪人亡也忽，禹汤罪己兴也勃。春秋号五霸，中原逐鹿；战国称七雄，大秦后崛。四十四县古河筑，十二连城今美绝②。始皇驱战车一统天下，武帝尊儒学飙扬汉歌。隋文开昌世基业，唐宗驭东方盛舸。布衣智慧藏璇玑③，帝国荣华见上河④。黄土育延安精神，大河载中华品格。

浩浩乎，黄河西来决昆仑。水流日月，河纵古今。治水射日苍生远患，填海移山黎庶安身⑤。蒙恬屯雨⑥，郑郭⑦携云。萧规曹随⑧，立木是信⑨。飞将

---

① 公元前842年发生"国人暴动"，周厉王逃离镐京，此后共伯和摄政，行天子事，公元前841年即"共和元年"，14年后周宣王继位。"共和元年"是《史记》中记载的我国最早有确切纪元的年代。

② 秦大将蒙恬在九原郡到北地郡（河套地区）沿黄河设置44县。黄河流域有内蒙古鄂尔多斯十二连城、山西朔州十二连城、陕西潼关十二连城、河南长葛十二连城。

③ 璇玑，即苏慧之《璇玑图》。

④ 上河，即张择端之《清明上河图》。

⑤ 指大禹治水、后羿射日、女娲补天、精卫填海。

⑥ 公元前214年，秦大将蒙恬率先在河南地（河套平原一带）垦田移民。

⑦ 郑郭，指古代在黄河流域开渠引水有功的战国郑国、元代郭守敬。

⑧ 萧何和曹参在西汉初期先后任丞相。萧何创立了一套规章制度。他死后曹参继任，完全照章行事。汉扬雄《解嘲》："萧规曹随，留侯画策，陈平出奇，功若泰山，响若坻。"后用以比喻依照成规办事。

⑨ 指商鞅变法。

军①不教胡马度阴山，苏子卿②大节不辱唯汉心。胡服骑射，胆略孝文③。张骞、班超披荆斩棘，胆拓和平之路；昭君、文成④大义合天，情在华族融亲。岳鹏举⑤精忠报国，史可法惊天泣神。范文正忧乐天下⑥，张横渠四句担任⑦。包青天高悬明镜，焦裕禄丹心为民。虎头山⑧铁臂，红旗渠⑨壮心。万里长征炼铁军坚骨，血肉长城铸中华之盾。舡公合力，走惊涛骇浪，辉煌大梦神州壮；长河不息，越万壑千山，复兴金途

---

① 飞将军，即李广。

② 苏子卿，即苏武。

③ 指孝文帝汉化改革。

④ 指王昭君和文成公主。

⑤ 岳鹏举，即岳飞。

⑥ 范仲淹，谥号范文正公，任陕西经略安抚招讨副使期间，采取"屯田久守"方针，对抗西夏，巩固了西北边防。

⑦ 张横渠，即张载，生于长安（今陕西西安市），后移至凤翔眉县横渠镇（今陕西眉县横渠镇）安家、讲学，世称"横渠先生"。北宋思想家、教育家、理学创始人之一。其名言"为天地立心，为生民立命，为往圣继绝学，为万世开太平"被称为"横渠四句"，因言简意赅，历代传颂。

⑧ 指大寨的虎头山，本文指大寨精神，即"政治挂帅、思想领先的原则；自力更生、艰苦奋斗的精神；爱国家、爱集体的共产主义风格"，出自1964年12月周恩来总理《政府工作报告》。

⑨ 红旗渠，是20世纪60年代林县（今林州市）人民在极其艰难的条件下，从太行山腰修建的引漳入林水利工程，被称为"人工天河"。长1500公里，参与修建的人数近10万，耗时近10年。在修建红旗渠的过程中形成了"自力更生、艰苦创业、团结协作、无私奉献"的红旗渠精神。

巨龙吟。呼啸走天地，奔腾育古今。

　　绵绵乎，奔流到海不复还。春凌汛、夏涛湍，秋浪韵、冬冰瀚。浪拍千丈崖，日映万里川。雪峰碧海、河湟①飞天②、祁连西廊、紫玉贺兰③，大青牧歌、华山奇险，太行丰碑、岱宗极巅。几字④逍遥浸原野，行润塞上成江南。马头琴回响乾穹坤湾，板胡调绕梁晋谷秦川。金沙摇驼铃，百灵唱牧鞭。蜻蜓点碎荷塘镜，飞舟过处鱼打帆。岩羊窥谷、稻蛙鸣田，白马拖缰⑤、蜡象驰原，雁门紫塞、鸣凤竹栅，沙柳碧草、飞鸿唳天。鲤鱼跃门，金麦积厚山；莫高望月，云岗触远天。青稞、稻麦、高粱曲，红枣、苹果、葡萄园；

---

① 河湟，泛指黄河及其支流湟水河、大通河的广阔地域，史称"三河间"。秦汉以来，众多民族耕牧于其间，创造了辉煌灿烂的河湟文化。河湟文化是在古羌戎文化的历史演变中，以中原文明为主干，不断吸收融合游牧文明、西域文明形成的包容并举、多元一体的文化形态，与河洛文化、关中文化、齐鲁文化一起，是黄河文明的重要分支和中华文明的重要组成部分。
② 曾经把壁画中的飞仙称为飞天，飞天、飞仙不分。随着佛教在中国的传播，佛教的飞天、道教的飞仙在艺术形象上互相融合。这里指敦煌飞天，是画在敦煌石窟壁画上的飞神，已成为中国独有的敦煌壁画艺术的专用名词。
③ 贺兰山东麓是著名的葡萄酒产区，习近平同志盛赞"假以时日，当惊世界殊"。紫玉指葡萄。
④ 指黄河"几字弯"。
⑤ "白马拉缰"传说。

滩羊、秦牛、玉露乳，翠菜、金谷、荞花毯①。虹桥通联九州四海血缘根脉，大舸承载五十六族和衷共欢。君不见，长河万里激帆进；君不见，秦时明月汉时关。

两河、恒河、尼罗河川流不息，三大文明②今何在？黄河、长河、母亲河源远流长，中华神州青藤绵。青蟒出天山，黄龙腾万年！

---

① 荞麦开花像巨大美丽的地毯。
② 古埃及文明、古印度文明和古巴比伦文明消失于历史之中，
　　唯有黄河哺育的中华文明生生不息，屹立于世界民族之林。

水　赋

　　天一生水①，水生百命②。清凌凌开五行之端③，哗啦啦启万机④之蒙。

　　君子谦德，光九天而无耀⑤；上善若水，利万物而不争⑥。泉汩日月，不添自浚；海水莫大，广纳不盈。润物无声复始去，洁人不倦时时新⑦。水生金，金刚出水淬；水克火，火烈唤水腾。德养天地，方圆随器就；涓涓不息，公道荡胸平。深渊不语，幽泉叮咚。风土恋乡愁，水血宜相浓。泉知根，孜孜报源；云眷土，

---

①出自《尚书大传·五行传》，是河图关于天地之像的构图形式。
②水是生命之源。
③根据河图，五行的顺序为水、火、木、金、土。
④指各种生命。
⑤化自《庄子》："光矣而不耀，信矣而不期。"
⑥出自《老子》第八章："上善若水。水，善利万物而不争，处众人之所恶，故几于道。"
⑦水时刻在自我清洁和更新。

滴滴答恩。冽水含玉润九品^①，寒雪育梅傲百红。人攀高，一览众山小；水赴下^②，总关卑微情。水演卦象，卜吉凶乾坤^③；天为雨粟，载万世文形^④。

淡泊宁静，融万物不失其本；潺潺无影，荡百尘激浊扬清。清浊有源，其心自平^⑤。滴水海怀久^⑥，合志凝众心。行水不腐，恒滴穿磐石；柔以含刚，利剑宁断行^⑦？温比兔，石投平湖悠悠晕；猛如虎，骇浪吞岸徐徐宁。百川向东海，奔万里不移其志；天下归大道，行千载德在亲民。男胸虚谷，君子交如水；女质水晶，玉壶筛冰心。龙众不治水，池清鱼难生。

天宇浩渺，地球水亲^⑧。天下之多者，水也，无所不在；世间之要者，水也，浮乾载坤^⑨。浪涌危崖峭，海围陆岛葱。逐水居，凿木漂流渡；井田溉，阡陌怡然行。海生云，云携雨，雨滋岁岁百谷；冰化泉，

---

① 化自《管子》："水集于玉而九德出。"九德即仁、知、义、行、洁、勇、精、容、辞。
② 出自《老子》第八章，意思是水处在众人厌恶的低洼之地
③ 卦的阴爻取自水流之形，坤卦、坎卦尤为相像。
④ 仓颉造字，因泄露了天机，出现"天雨粟，鬼夜哭"景象。文字的出现是人类文明史的开端。
⑤ 化自《庄子·刻意》："水之性不杂则清，莫动则平。"
⑥ 一滴水只有融入大海才能永生。
⑦ 利剑无法斩断水的流动。
⑧ 水最亲近地球。目前，除了地球，人类还没有在外星上真正发现水。
⑨ "天下之多者，水也""浮天载地"均出自《水经注》。

泉汇河，河养芸芸众生。大禹治水，福祉留天地；玄冥司水，忠骨化水神①。李冰②筑江堰，富天府之域；蒙恬开河渠，造塞北江风③。运河载春秋，郑渠④流古韵。天堑通途，高峡出平湖；沧海桑田，戈壁走苍龙⑤。水固坚泥筑广厦，火煅黄土垒铁城⑥。斗水凭勇气，治水凝智慧；用水济生态，识水成文明⑦。

宝地涵风水，潮头举日红。龙行乾坤，大成原驰蜡象；流响竹底，细作小桥人家。扁舟从流荡，野鹤逸云行。水无形，塑山河大美；流不彩，染万紫千红。烟波蜃楼，云海飞霞，叟钓荷月，曲水流音。翔泉冰

---

① 冥，夏官员，治水英雄，后世奉为水神、雨师，称之为玄冥。《国语》："冥勤其官而水死。"《左传》："禳火于玄冥、回禄。"张衡《思玄赋》："前长离使拂羽兮，委水衡乎玄冥。"

② 李冰修都江堰。

③《太平御览》："（隋郎茂）《图经》：周宣政二年破陈将吴明彻，迁其人于灵州。""其江左之人，崇礼好学，习俗相化，因谓之'塞北江南'。"这一举措极大地推动了塞北风俗的改变。

④ 郑渠，即郑国渠；运河，即京杭大运河。

⑤ 指人类的各种灌溉工程。

⑥ 水分子的特殊结构使石灰石变得坚硬从而形成水泥，水泥的产生使城市文明和现代建筑业迅猛发展。之前砖也是水和土混合后烧制而成的。两种最为重要的建筑材料，都有水的直接参与。

⑦ 没有水，就没有人类文明。某种意义上，人类文明史就是认识水、治理水、利用水的历史。世界四大古文明都是河流的文明。

灯，玉树临风。海衣天之蓝，湖鉴日月影。无畏胆，飞流直下卷起千堆雪；豪迈气，弄舞霄上惊雷裂苍穹。溪行九曲歌，丽泼万仞虹。年轮著气象，水木清华；水文话沧桑，海晏河清。

　　洛书写玉帛，河图绘丹青。河为母，哺我炎黄血肉骨；江为龙，传我华夏精气神。潇湘育南国秀色，岱宗造北地雄宏。伊犁绿西域，松花黑土深。心诚天池见，月高西湖明①。橘枳淮为界，泾渭自分明。千里洞庭，波探岳阳楼；万顷鄱阳，情牵日月潭。洪泽渔歌互答，太湖碧波连天。青海守雪域，滇洱恋苍山。鸭绿襟高丽，澜沧带安南。浩帆驭风，三千童子扶桑渡；坚船破浪，几度轮队下西番。洪湖赤浪，嘉兴红船。两河悠悠，美索不达②安在？印水泛泛，谁随孔雀③延绵？冯夷不死，江河后浪推前浪；苟芒长存，四海龙幡号虎帆。④

　　神仙栖于山，山不在高，有仙则名；蛟龙生于水，水不在深，有龙则灵。无味道，化香茗烈酒；莫规矩，度世态人心。智者乐水，水演财形。夫子临川，叹逝者如斯；屈原巡汨，发骚人天问。孟德观海，慨人生

---

① 相传不是所有人都能看到天池尊容，只有心诚的人才能看到。西湖最美的时候是明月当空的夜晚，称为"三潭印月"。
② 指古巴比伦的美索不达米亚文明。
③ 印河，即印度河。孔雀王朝为古印度第一个统一的帝国。
④ 冯夷、苟芒分别为传说中的黄河之神、东海之神。

几何；东坡泛江，咏千古绝吟。随波逐流，过无关水而关乎志；同流合污，浊不在流而在德行。水静人心正，世清民心平①。载舟覆舟②，当心风高浪险；涨潮退潮，终究水落石明。望穿秋水，梦醒鸿雁至；高山流水，知音属何人？沁湖安澜，激流勇进。

　　知冷暖，明清浊，察高下，准起伏；柔为象，活为本，流为趣，刚为性。嗟呼，万物轮回，灵水永生。

---

① 化自《管子·水地》："水一则人心正，水清则民心易。"
　　一，纯洁；易，平。
② 出自《荀子·王制》："水则载舟，水则覆舟。"

石头赋

石者，万物之始，生命之基。同天地并老，与日月咸息。

盘古开天，身躯飞石化山川河流；上帝巡海，孤掌泥土生夏娃亚当。女娲举石补天漏，精卫移山填海沧。石破天惊开人间万象，星轨旷宇成寒来暑往。

石充天地，史行石间。敲石以具，御猛禽恶兽；磨石为器，营安逸田园[①]。垒为巢，凿为窑，筑为殿，方成家院；择以布，遴以泉，琢以币，始有商换。[②]燧石取火，砺石取针，研石取药，别饥寒疾苦[③]；削石为鼓，勒石为碑，击石为磬，启人文始端。磨盘推

---

① 使用打制石器和磨制石器是旧石器时代与新石器时代的标志及界线。

② 布、泉，古代货币。

③ 石头和木棍摩擦是人类最早取得火种的方式。有了火，人才有了温暖的保障。有了火，人类才吃到熟食，从而减少疾病，提高存活率，延长了寿命。最早缝制衣服用的针、看病扎的针，都是石头磨制而成的。最早的药物很多来自矿石。

岁月，磻碾转轮年。诗曰：节彼南山，维石岩岩①。

人因石存，石以人贵。石器原生态，人石两相偎。人类百万载，九九石器垒。凝狩猎、牧舞、情爱之意趣于岩画，勒祭祀、占卦、律例之印迹在坚碑。上古远去，石器新辉。衣着之颜饰，餐饮之器簋，房舍之砥柱，时刻之日晷。文人棋牌，武士剑铠，国传玉玺，贴身护符，金银珠宝，钢铁料碴。或自石削磨，或因石化为。人之所在，石之所存也。

天地石也，石也天地。原非机体富灵性，貌似无情却有义。撑天地、载万物，冶情操、宁心志。天飞星辰，玉兔②采月石；地纳熔岩，蛟龙③掘海底。千层广厦起于底石，万仞高山矗之厚基。江河滔滔源于岩隙，沧海浩浩纳于莽石。宇宙坐标依星河④为度，地球沧桑凭岩纪而知。坚石无壤，稳固松苔之基；黄土有情，恒托苍生福祉。

普石为用，美石为赏。矿壮经济⑤，石筑长城，

---

① 出自《诗经·小雅·节南山》："节彼南山，维石岩岩。赫赫师尹，民具尔瞻。忧心如惔，不敢戏谈。国既卒斩，何用不监……"
② 指探月神舟，泛指人类探索太空的神器。
③ 指目前世界上最深的载人潜海设备"蛟龙号"，泛指探海重器。
④ 指银河。
⑤ 矿产资源是国家强盛的重要资源。

国强凭石；石秀山高，崖辅河长，国美在石①。吴刚伐月桂，清泉流石上。园乏石不秀，宅无石不旺。南石皱、瘦、漏、透，其神在巧；北石肉、釉、陋、厚，其势在壮。玉佩、印鉴、青花瓷，把玩、几案、镇宅王。鲜活鸡血②，富彩玛瑙，坚毅贺兰③；剔透水晶，细腻寿山，内敛田黄。赏石者趣雅，知石者品刚。

轻敲重击烈火煅，精雕细刻琢磨缓。雕像凝高艺，塑偶表肝胆。天柱、南岳、卧龙、褒斜道④，摩崖囊世间精雕；莫高、云冈、龙门、麦积山⑤，石窟容佛道经典；曹全⑥、魏碑⑦、勤礼、玄秘⑧，古碑彰书法

① 祖国大好河山都离不开石头。

② 指鸡血石。

③ 指贺兰石，产于贺兰山，石质坚硬、细密，清雅莹润，绿紫两色天然交错，刚柔相宜，叩之有声。

④ 天柱山、南岳衡山、卧龙山、褒斜道都有著名的摩崖石刻。

⑤ 莫高、云冈、龙门、麦积山为我国四大石窟。

⑥ 指曹全碑，立于东汉中平二年。碑身两面均刻有隶书铭文。明万历初年，在陕西合阳县出土，1956年移入陕西省西安碑林博物馆。曹全碑是汉代隶书的代表作品，以风格秀逸多姿和结体匀整著称，历代书家推崇备至。

⑦ 魏碑是南北朝时期（公元420—588年）北朝文字刻石的通称，北魏最精，大体可分为碑刻、墓志、造像题记和摩崖刻石四种。此时书法是一种承前启后、继往开来的过渡性书法体系，对后来隋唐楷书体的形成产生了巨大影响。极有名的如《郑文公碑》《张猛龙碑》《高贞碑》《元怀墓志》等。

⑧ 勤礼碑和玄秘塔分别为唐楷代表人物颜真卿、柳公权的书法碑，世有"颜筋柳骨"之美誉。

绝艺；端池、歙台、洮河、澄泥^①，寸砚起墨海巨澜。印社^②镂不完天下美玉，碑林怎收尽人间竖石？悔石无药，篆碑愈难。有墨未必不朽，无字众口相传。

君子怀璧，国石惟玉。祥润高贵之内质，刚毅仁慈之瑞衣。玉养人兮人养玉，玉伴身兮邪不逾。君子无故，玉不去身^③；洁身存缘，玉德附体。昆山润温，南阳透腻，岫岩厚重，蓝田细密。西母献玉人文祖^④，鲛女珍泪沧海遗^⑤。顽石颔首花如雨^⑥，弄玉吹

---

① 四大名砚。
② 指西林印社，这里泛指各类印社。
③ 出自《礼记·玉藻》，意思是说作为谦谦君子，如果没有特殊原因，玉应该随时佩戴在身上。意在提醒世人，牢记玉的品德，并成为做人的基本准则。
④ 化自《尚书》："舜以天德祠尧，西王母来献白环玉玦。"《说文解字》说，西王母献玉为"白琯"，是一种神奇的管乐器，吹奏琯，有神人相和，引凤来仪。
⑤ 传说珍珠是鲛女的泪珠洒进海里变成的。
⑥ 出自典故"雨花玛瑙"。相传在梁朝，南京中华门外，有一座满是砾石的小山冈，有一位和尚云光，曾在这里讲经说法，直讲得顽石点头，落花如雨。从此这里就有了很多花纹美丽、色泽鲜艳的小圆石子，随有"雨花台"。

箫乘龙婿^①。明珠掌上金屋娇，暖玉生烟贵妃浴^②。齐

---

① 《魏书·刘昞传》：“昞遂奋衣来坐，神志肃然，曰：'向闻先生欲求快女婿，昞其人也。'瑀遂以女妻之。”《东周列国志》有这样一个故事。春秋时，秦穆公非常喜欢西戎贡献的一块碧玉，便给女儿起名为"弄玉"，命名匠把美玉雕成玉笙送给她。弄玉公主长到16岁，姿容无双，聪颖绝伦，但性情孤僻，经常独居深宫品笛吹笙。穆公欲为女儿召40多岁的大夫白乙丙为女婿，弄玉不从。她自有主张，若不是懂音律、善吹笙的高手，宁可不嫁。穆公珍爱女儿，只得依从。有一天，公主在月光下赏月，倚着栏杆吹起笙。这时似有一阵袅袅的仙乐，在和着公主的玉笙。公主仔细一听，是从东方传来的洞箫声。一连几夜，都是如此。公主把事情告诉了父亲。穆公便派大将根据公主所说的方向寻找吹箫人。一直寻到华山，才听到樵夫们说："有个青年隐士叫萧史，在华山中峰明星崖隐居。他很喜欢吹箫，箫声可以传出几百里。"大将找到了萧史，把他带回秦宫。萧史来到秦宫，正好是中秋节。穆公见他举止潇洒、风度翩翩，心里十分高兴，马上请他吹箫。萧史取出玉箫，吹了起来。一曲还未吹完，殿上的金龙、彩凤都翩翩起舞。众人齐赞："真是仙乐！"萧史和弄玉结成夫妻。从此萧史就教弄玉吹箫。弄玉后来吹出的箫声和凤凰的叫声一样，甚至把天上的凤凰也引了下来。秦穆公专门为他们建造了一座凤凰台。二人就住在那里，数年不饮不食。后来二人隐居华山中峰。一天，弄玉带着玉笙乘上彩凤，萧史带着玉箫跨上金龙，龙凤双飞，升空而去，于是人们便把萧史称为乘龙快婿。
② 指杨贵妃。

破连镮①，宁为玉碎；煅泥成器，瓦全何乞？璞石断玉，刖足失明终无悔②；完璧归赵，将悦相和命不逾③。

江河壮于岸，山峦峻于峰。岩浆、沉积、变质岩④，自彰其壮；纹理、斑驳、晶莹透，各美其岭。南天雄柱，北地岱宗。雄秀险奇，五岳因石特立；奥怪精绝，三山凭石而名。武当、龙虎、齐云、青城，

---

① 出自典故"玉环"。战国晚期，秦王政遣使送一个玉连环给齐国，说："这两个环，没有人能分开，齐国人足智多谋，能不能把它解开呢？"想以此环试探齐国的虚实。齐国的王后听罢，拿起玉环摔碎，并对来使说："我们已遵命打开了连环。"秦王政知道此事后，认为齐国有宁为玉碎的精神，也就暂缓了伐齐。

② 古代砍脚的一种酷刑。

③ 《韩非子》记载，春秋时期，楚国有一个琢玉能手卞和，在荆山得到一璞玉。卞和捧着璞玉去见楚厉王，厉王命玉工查看。玉工说是一块石头。厉王大怒，以欺君之罪砍掉卞和的左脚。厉王死，武王即位，卞和再次捧着璞玉去见武王。武王又命玉工查看，仍说是一块石头。卞和因此又失去了右脚。武王死，文王即位，卞和抱着璞玉在楚山下痛哭了三天三夜，眼泪流干了，流出了血。文王得知后派人询问原因，卞和说："我并不是哭我被砍去了双脚，而是哭宝玉被当成了石头，忠贞之人被当成了欺君之徒，无罪而受刑辱。"文王命人剖开这块璞玉，果真是稀世之玉，取名"和氏璧"。《史记》之《廉颇与蔺相如列传》详细记述了围绕和氏璧发生的"完璧归赵"和"将相和"的故事。

④ 岩石有三大种类：岩浆岩、沉积岩和变质岩。

借石布道①；五台、普陀、峨眉、九华，依山佛②成。石林、桂林、张家界，奇峰夺妙手天公；石花、瑶琳、芦笛岩，溶洞赞绝思地神。考化石③交语远古，研陨星对话苍穹。

人多心眼难克石，石有纹隙通人性。坚也石，柔也石。钻石坚贞，石墨润软；砥砺钢铁，滴水透石。取他山之石攻玉，点顽劣之砂成金。披沙剖璞，切莫炫石为玉；以卵击石，宁愿玉石俱焚。静也石，动也石。雄山镇九州，安卧大地；沧海变桑田，转斗移星。冷也石，热也石。泉石冰冷，可以安志；岩浆炽烈，足以烁金。乐也石，忧也石。积石为财，赏石成趣；石出刀枪，夺石穷兵。贵也石，朴也石。默为筑堤料，甘当铺路籽；寸瑷值千金，尺璞价连城。

石不言人语，人借石精神。双手捧美碧，眼中岂容砂；君子温如玉，匹夫志比砥。少石成砂瘫荒野，众石能磊④志成城。佛出石崖，信者膜拜；砾沉海底，与世无争。木有信，石愈诚⑤。搬石者砸脚，活该自

---

① 道教四大名山：安徽齐云山、湖北武当山、四川青城山和江西龙虎山。

② 佛教四大名山：山西五台山、四川峨眉山、浙江普陀山和安徽九华山。

③ 陨，即陨石；化，即化石。

④ 一个"石"和一个"少"即为"砂"字，"少"也有"小"的意思；三个"石"字组成"磊"字。

⑤ 商鞅变法以城南立木取信。华表通过石头表现执政意志。

作自受；老石匠锻磨，做事踏石留印。精诚至，虽铁石心肠，终能金石为开；诺千金，虽石涸海枯，必定初心成真。东临苍碣石，短歌孟德才[1]；观尽望夫石，始知王建真[2]。通灵宝玉[3]话真假，勒碑为誓天道通。

---

[1] 曹操《观沧海》："东临碣石，以观沧海。水何澹澹，山岛竦峙。树木丛生，百草丰茂。秋风萧瑟，洪波涌起。日月之行，若出其中。星汉灿烂，若出其里。幸甚至哉，歌以咏志。"

[2] 历史上许多诗人都感慨望夫石，并作诗抒情。唐朝诗人王建作《望夫石》："望夫处，江悠悠。化为石，不回头。上头日日风复雨，行人归来石应语。"把意境提高到极致，此后再无人敢作。

[3] 通灵宝玉，《红楼梦》中的神话形象，本是女娲炼就的一块顽石，因无才补天而随神瑛侍者（后来的贾宝玉）入世，幻化为贾宝玉落胎时口衔的美玉，上有"通灵宝玉"四字，也称通灵玉，贾母将之称为贾宝玉的命根子。一说，贾宝玉是女娲补天所剩灵石的转世真身（质），通灵宝玉则是其幻相（形）。薛宝钗项圈上的金锁受一僧一道点化，系通灵宝玉对应之物，寓意"土生金"。一边金玉，一边木石，双方激烈对抗，寓意"金克木"。通灵宝玉对贾宝玉的人生具有原罪、金箍棒、紧箍咒三重作用。贾宝玉多次摔砸通灵宝玉，彰显了他对爱情的坚贞和叛逆精神，但以失败、妥协而告终。后四十回通灵宝玉丢失，从反面促成了金玉良缘、高魁贵子、家复中兴三件喜事。贾宝玉完成这些通灵宝玉注定的宿命后便离家出走，与通灵宝玉形质合一，由一僧一道携归青埂峰，变回女娲剩石，诗云"沉酣一梦终须醒，冤债偿清好散场"。通灵宝玉可用来比喻极端重要、生死攸关的物品。

金睛石猴保经路,赤壁英雄少年郎^①。谏石、哭石、诅咒石,立石为盾;庙碑、墓碑、功德碑,借石铭功。

观星空,知我之渺小;察粒砂,叹人生须臾。跨苍穹之浩渺,超生命之记忆。呜呼,人未来,石早在;光阴去,石永遗。

（原载于《中华奇石》2019 第 11 期,略有改）

---

① 中国四大名著《红楼梦》《水浒传》《西游记》《三国演义》中皆有"石缘"。

山魂赋

上擎皇天，下立厚土，撑开绚烂人间。眺目望远，雄镇漠边；抬头仰慕，漫道萧关。山不语，威严自见；山无为，韵脉生然。

坎为水，艮谦山。长坡度驹志，阔涧试虎胆。白玉洁于山蕴，香梅凝自高寒。剑碑笔立，礼赞英豪诗篇；群峰若林，庇佑苍生繁衍。汹涌江河，源自山巅飞泉；万钧雷霆，积于海山云端。轻雾绕山涧，或有神仙下凡；溪声荡幽谷，莫非知音抚弦？

春烂漫，夏荫苑，秋蜡染，冬素缠。五指涌万泉，太白捍秦川。大别染杜鹃，宝塔红山丹。兴安天山御风寒，长白默守英灵眠。岳武震贺兰，红军越六盘。阿里武夷隔海望，五台峨嵋香火传。黄山穷隽美，五岳尽岿然。祁连磅礴，昆仑伟岸。喜马拉雅，国脊至巅。山魂岱宗，至尊莫撼。

朝阳起碣山，万紫千红充满眼；晚霞栖西山，谷丰牧归起炊烟。早霞生起处，云下我家园①。山峻月圆，山青水绵；山高路险，山静风远。显也山、隐也山，出也山、归也山，赏也山、栖也山，情也山、志也山。人外有人莫盲从，山上有山出高远②。

仁者乐山，智者慕山；勇者征山，懦者附山；愚公移山，夫子立山③。地之支，天之干；乾之灵，坤之胆。大地有山浩气在，神州有山苍生安。

---

① 孔子登泰山时感叹："我家就在山下面！"
② 人外有人为"从"，山上有山为"出"。
③ 指伟大的学说。

酒　赋

　　酒者，就人性善恶，吉凶所造也①。逍遥三界②，缠缠意趣；醉迷万邦，悠悠古今。

　　美酒芳华，源远意长。仪狄造，五谷三果之精髓；杜康传，七情六欲之所场。仙誉琼浆液，僧赞般若汤。典藏精酿，老井古坊。茅台汾曲泸窖西凤，四大名酒③醉四海；酱浓清米兼凤董特，五系香④型五洲荡。国酒特酿款高客，老窖陈曲共朋邦。瓷瓶突碎，溅砾

①出自《说文解字》："酒，就也，所以就人性之善恶。从水从酉，酉亦声。一曰造也，吉凶所造也。"意思是，酒，迁就满足。用来迁就满足人性中善恶激情的刺激性饮品。字形采用"水""酉"会意，"酉"也做声旁。另一种说法认为，酒是成就的意思，是导致或吉或凶之事的原因。

②三界，指人、鬼、神。

③四大名酒是指在1952年第一次全国评酒会上评选出的四个国家级名酒，分别为贵州茅台酒、山西汾酒、四川泸州曲酒、陕西西凤酒。自评出"四大名酒"后，其影响力经久不衰。后来又增加了四种，成为"八大名酒"。

④指酱香、清香、浓香、米香和兼香五种基本香型，以及西凤、董酒的凤香型和董香型特殊香型。

惊魂巴拿马[①]；华酒名驰，醇香弥透地球狂。国人好白酒，欧美乐果酿[②]。俄罗斯总恋蒸馏造[③]，德意志爽饮啤黑黄。白干酿井窖，果酒依风壤[④]。葡萄玲珑果，紫漩水晶装。东著贺兰山紫玉，西誉波尔多酒庄。餐前冰白，山珍海货怯腥味；食中干红，牛排羊背适舒肠。琴酒、威士忌、白兰地，各别清烈；清酒、伏特加、龙舌兰，诸享欢畅。

耐时经久，神化之物质；陈酿为佳，物化之精神。骚客钓诗钩，庸人扫忧帚。剑气豪迈，俯仰有态；笔韵柔情，得酒诗成[⑤]。龙逢献图千古哀叹[⑥]，杜蕡扬觯

---

① 指1915年在旧金山巴拿马万国博览会上，来自中国的茅台酒无意间被摔碎，成为一个世界贸易史上经典的范例。
② 指干红、干白葡萄酒。
③ 俄罗斯喝的伏特加酒是经纯蒸馏制成的。
④ 白酒酿自井、窖；葡萄酒品质与水土有关。
⑤ 苏轼《和陶饮酒二十首》其一："道丧士失己，出语辄不情。江左风流人，醉中亦求名。渊明独清真，谈笑得此生。身如受风竹，掩冉众叶惊。俯仰各有态，得酒诗自成。"
⑥ 龙逢，即关龙逢，夏朝明相，由于不忍看纣王酒池肉林和炮烙酷刑，冒死献上一幅黄图，劝说纣王洗心革面，结果惹怒了纣王，被杀。

一举成名^①。弄潮汨罗，屈子泛舟离骚恨^②；东临碣石，魏武当酒短歌行^③。霸王倚剑，醉步扶得虞美去；济公悬壶，路见扶危济世穷。灌夫使酒骂田蚡^④，关公

---

① 出自《礼记·檀弓》。知悼子死了还没有下葬。晋平公带着师旷、李调饮酒作乐。厨师杜蒉听到编钟声，问："平公在哪？"仆人说："在寝宫。"杜蒉前往寝宫，拾级而上，斟酒道："师旷干了这杯。"又斟酒道："李调干了这杯。"又斟酒，面对平公自己喝掉酒，走下台阶，跑着出去。平公喊住他，问："蒉，刚才我想你可能要开导我，因此不跟你说话。你罚师旷喝酒，是为什么啊？"杜蒉说："子日和卯日不宜奏乐。知悼子还在堂上停灵，这事与子卯日相比大多了！师旷是太师啊，他不告诉您道理，因此罚他喝酒。""你罚李调喝酒，又是为什么呢？"杜蒉答："李调是君主身边的近臣，忘记了君主的忌讳，因此罚他喝酒。""那你自己罚自己喝酒，又是为什么？"杜蒉说："我杜蒉，膳食官而已，不去管刀勺的事务，却超出职责对君主讲道理，因此罚自己喝酒。"平公说："我也有过错，斟酒罚我。"平公饮罢，将酒杯高高举起，对侍从说："如果我死了，千万不要丢弃这酒杯。"直到今天，人们敬完酒，都要高举酒杯，叫作"杜举"。
"一举成名"其实另有典故，笔者这里为借用。
② 指屈原与《离骚》。
③ 指曹操与《短歌行》。
④ 《史记·魏其武安侯列传》记载，汉灌夫为人刚直不阿，好使酒。一日，与魏其侯窦婴共赴丞相田蚡宴。夫怒蚡傲慢无礼，遂借行酒之机指临汝侯灌贤而骂之，其意实在田蚡。蚡乃劾夫骂坐不敬。

温杯斩华雄。酒壮懦夫胆，郭暧仗酒打金枝[①]；醉爱英雄气，武松力劈景阳虫。醇醺右军东床[②]，左手著文章，右手泼翰墨，惠风和畅，神洒天下第一书；酒入太白豪肠，七分酿月光，三分啸剑气[③]，傲权蔑贵，浪漫化诗千百文。将军令，酒入泉，醇意犒百将[④]；神仙赐，秫酒甘，刘伶醉三春[⑤]。对酒当歌图一醉，

---

① 唐代宗将女儿升平公主许配给汾阳王郭子仪七子郭暧为妻。时值汾阳王花甲寿辰，子、婿纷纷前往拜寿，唯独升平公主不往，引起议论，郭暧怒而回宫，借酒劲打了公主。公主向父母哭诉，求唐皇治罪郭暧。郭子仪绑子上殿请罪，唐皇明事理、顾大局，加封郭暧。皇后劝婿责女，小夫妻消除前嫌、和好如初。此故事被编成秦腔等多种戏剧，名为《打金枝》，至今深受戏迷欢迎。

② 出自《世说新语》。郗太傅在京口，遣门生与王丞相书，求女婿。丞相语郗信："君往东厢，任意选之。"门生归，白郗曰："王家诸郎，亦皆可嘉，闻来觅婿，咸自矜持。唯有一郎，在床上坦腹卧，如不闻。"郗公云："正此好！"访之，乃是逸少，因嫁女与焉。王氏谱曰："逸少，羲之小字。羲之妻，太傅郗鉴女，名璇，字子房。""东床快婿"一词来源于此。

③ 化自余光中《寻李白》："酒入豪肠，七分酿成了月光，余下的三分啸成剑气，绣口一吐就半个盛唐。"

④ 公元前121年，西汉将军霍去病河西之战，大胜匈奴，汉武帝从长安赐御酒一坛犒劳霍去病，霍去病将酒倒入泉中，与将士取之共饮。"酒泉"由此得名。

⑤ 杜康用"秫"造酒。后来酒量超群的刘伶喝后一醉三年不醒。

三变强乐还无味①；对酒当歌寻思着，几道多少旧期情②？

酒成礼，曲养颐。生前逝后，酒影随行。新哭童体温泉沐，老鹤西归泪祭坟。满月开锁，成人加冕。定亲婚配，金榜题名。孩童抓周，老者贺寿。镇妖灭祸，劫后压惊。观音殿前香三炷，宗庙祠堂酒一樽。拜师学艺，出徒师门。点火开业，打烊杀青。衣锦还乡，事业大成。出师壮别，凯旋赏功。文豪兰亭笔会，曲水流觞；侠客华山论剑，形醉意真。奠基上梁、合龙乔迁，开耕祈雨、归仓庆丰。贺年过节、嘉客造访、国庆大典、家事小欢，烦恼绕心、喜事临门。亲友随心聚，知己愁别情。人之所聚，杯之所斟；情之所至，酒之酣痛矣。

菜别贵贱，酒寓情深。高堂明月，锦衣谈笑，乐舞佳丽，金樽筛琼浆，山珍海奇寻常味；土炕昏灯，布衣往来，心曲由性，残盅满白干，酸菜豆芽也开心。大餐名饮多淡忘，粗茶老酒入怀深。醉以酒，请客顾

① 化自柳永《恋花·伫倚危楼风细细》："伫倚危楼风细细，望极春愁，黯黯生天际。草色烟光残照里，无言谁会凭阑意。拟把疏狂图一醉，对酒当歌，强乐还无味。衣带渐宽终不悔，为伊消得人憔悴。"三变，柳永原名。

② 化自晏几道《醉落魄》："天教命薄。青楼占得声名恶。对酒当歌寻思着。月户星窗，多少旧期约。相逢细语初心错。两行红泪尊前落。霞觞且共深深酌。恼乱春宵，翠被都闲却。"

颜面；饱以德①，应邀知人情。尻人问狗，三樽入腹充胆气；好汉把酒，醉卧沙场莫须醒。绿草原牧酒夜夜醉，赤水畔高粱岁岁红。雪域高原青稞郁，黄土高坡白干醺。一壶促膝夜，热茶沁脾；三杯成知己，冷酒暖心。拳行长城内外，高手不孤独；酒交江河南北，海量多豪情。红酥手，黄縢酒②，酒逢知己千杯少；杨柳岸，风月泪，泪酒入肠相思沉③。

煮酒论英雄④，故事千百年。烈风萧萧兮易水寒，壮士去也⑤；白绫飘飘兮马嵬难，美人归矣⑥。汉高祖酒酣大风歌，白乐天醉吟先生传。引壶觞自酌，归去来兮常做武陵客；更尽一杯酒，离愁长恨故人出阳关。大晏婉约，携酒哭青春⑦；东坡豪放，把酒问青天。

---

① 出自《诗·大雅·既醉》："既醉以酒，既饱以德。"
② 出自陆游《钗头凤·红酥手》："红酥手。黄縢酒。满城春色宫墙柳。东风恶。欢情薄。一怀愁绪，几年离索。错错错。春如旧。人空瘦。泪痕红浥鲛绡透。桃花落。闲池阁。山盟虽在，锦书难托。莫莫莫。"
③ 化自范仲淹《苏幕遮》："碧云天，黄叶地，秋色连波，波上寒烟翠。山映斜阳天接水，芳草无情，更在斜阳外。黯乡魂，追旅思。夜夜除非，好梦留人睡。明月楼高休独倚，酒入愁肠，化作相思泪。"
④《三国演义》第二十一回曹操煮酒论英雄。
⑤ 指荆轲刺秦王。
⑥ 唐明皇无奈，马嵬坡赐死杨贵妃。
⑦ 大晏，即晏殊，著《吊苏哥》："苏哥风味逼天真，恐是文君向上人。何日九原芳草绿，大家携酒哭青春。"苏哥，即刘苏哥。

鸿门酒难咽，杯酒释兵权。一曲新词酒一杯[①]，夕阳断肠泪；三杯淡酒灯两盏，怎抵风来晚[②]？欧阳公帅青州从事，醉翁之意不在酒；杜工部好平原督邮[③]，潦倒新停浊酒醅[④]。新亭[⑤]故乡酒，江河风景怎殊异；嫦娥桂花浆，牛郎织女盼团圆。一舌战群儒[⑥]，孤杯

---

① 出自晏殊《浣溪沙》："一曲新词酒一杯。去年天气旧亭台。夕阳西下几时回？无可奈何花落去，似曾相识燕归来。小园香径独徘徊。"

② 化自李清照《声声慢》："寻寻觅觅，冷冷清清，凄凄惨惨戚戚。乍暖还寒时候，最难将息。三杯两盏淡酒，怎敌他、晚来风急？雁过也，正伤心，却是旧时相识。满地黄花堆积，憔悴损，如今有谁堪摘？守着窗儿，独自怎生得黑？梧桐更兼细雨，到黄昏、点点滴滴。这次第，怎一个愁字了得！"

③ 魏晋时期，桓温手下的一个主簿善于辨别酒的好坏，他把好酒叫作"青州从事"。因为青州有个齐郡，齐与脐同音，好酒的酒力一直到达脐部。又把次酒叫作"平原督邮"，因为平原郡有个鬲县，鬲与膈同音，次酒的酒力只能到达胸腹之间。

④ "醉翁之意不在酒""潦倒新停浊酒杯"分别出自欧阳修《醉翁亭记》、杜甫《登高》。

⑤ 西晋末年，八王之乱和永嘉之祸后，北方士族纷纷举家南迁，史称"衣冠渡江"。北方士人心怀故国，常常相约到长江边的新亭。名士们叹道："风景不殊，举目有江河之异。"在座众人纷纷落泪。大名士王导厉声道："当共戮力王室，克服神州，何至作楚囚相对泣邪！"众人听后十分惭愧，立即振作起来。这便是史上著名的新亭会。后世悲叹国破家亡的诗词歌赋里常常见到"风景殊异""江河"。

⑥ 指诸葛亮舌战群儒，促成孙刘联合抗曹。

敌百拳^①。浑身是胆雄赳赳，娘酒暖心；甘洒热血写春秋^②，使命是胆。贾宝玉梦游太虚幻境，万艳同杯^③；孔乙己孤立曲尺酒店，长衫自安。

　　饮循因，佳酿成事；醉借故，劣酒败筹。权贵凭酒行乐乐无度，贫贱借酒消愁愁更愁。酒乃穿肠毒药，嗜必伤神；酒乃百药之长，适而乐寿。酒曰清酌^④，食者令欢；杯物浓烈，酩酊解忧。太岁高傲难惹，酒以镇之；殷纣蛮横暴虐，醇所诱之^⑤。越王箪醪劳师^⑥，子反贪酒败谋^⑦。诗仙举杯邀明月，奸雄除忠借

---

① 重庆谈判时，周恩来同国民党文武高官频频推杯换盏，保护了滴酒不沾的毛主席，令国民党政要佩服之至。

② 两句分别化自《红灯记》《白毛女》李玉和、杨子荣的唱词。

③《红楼梦》中，贾宝玉梦游太虚幻境时喝了"万艳同杯（悲）"酒。

④ 出自《礼记·曲礼下》："凡祭宗庙之礼……酒曰清酌。"

⑤ 太岁惹不起，但酒可以使之安宁。殷纣王本很勤勉，因嗜酒，致昏庸暴虐。

⑥ 越王勾践被吴王夫差打败后，为了实现复国，鼓励人民生育，并用酒作为生育的奖品："生丈夫，二壶酒，一犬；生女子，二壶酒，一豚。"越王勾践率兵伐吴，出师前，越中父老献美酒于勾践，勾践将酒倒到河的上游，与将士一起迎流共饮，士卒士气大振、所向披靡。

⑦ 子反（？—前575），芈姓，熊氏，名侧，字子反，春秋楚国司马，曾随庄王败晋于邲。楚庄王十九年，率军围宋，历时九月，后因酗酒被宋大夫华元趁夜入军帐通盟撤围。共王时为中军将，与子重等救郑。与晋师战于鄢陵时，夜酒醉不能议事，楚军乃退，责而自杀。

醉酒①。千叟酒宴欢盛世，贵妃醉酒江山忧②。齐桓公失冠而民腹饱③，鲁恭公酒薄而邯郸愁④。仲谋贪杯，赔上夫人再折兵；公瑾多谋，假醉一书蒋干休。淡酒无趣，醉不成欢惨将别⑤；香醇难拒，生辰纲标大意丢⑥。竹林七贤魏晋诗酒别味⑦，饮中八仙长安故事传

---

① 《三国演义》中，曹操借酒杀了刘馥。

② 开元盛世为中国历史上的鼎盛时期，但因唐玄宗宠爱杨贵妃，整日沉迷于歌舞酒色，导致长达八年的"安史之乱"，为唐王朝走向衰落埋下祸根。

③ 齐桓公醉酒，帽子掉落不便见闹饥荒的百姓。管仲替他下令开仓放粮。老百姓说，真希望齐桓公再醉一次，帽子再掉一次。

④ 《庄子·胠箧》记载，楚宣王会见诸侯，鲁国恭公后到且酒很淡，楚宣王甚怒。恭公说："我是周公之后，勋在王室，给你送酒已经是有失礼节和身份的事了，你还指责酒薄，不要太过分了。"说完，扬长而去。宣王于是与齐国发兵攻鲁国。梁惠王一直想进攻赵国，但畏惧楚国乘虚而入，这次楚国发兵攻鲁，便不再担心有人背后下手，于是放心大胆地发兵包围邯郸。赵国因为鲁国的酒淡做了牺牲品。

⑤ 出自白居易《琵琶行》："浔阳江头夜送客，枫叶荻花秋瑟瑟。主人下马客在船，举酒欲饮无管弦。醉不成欢惨将别，别时茫茫江浸月……"

⑥ 《水浒传》中，杨志因手下保镖贪酒，丢了生辰纲，无法复命，只能上梁山。

⑦ 魏正始年间（240—249），嵇康、阮籍、山涛、向秀、刘伶、王戎及阮咸七人，常在当时的山阳县竹林中喝酒、纵歌，世称"竹林七贤"。

久[1]。小百姓难耐美酒惑，大神仙[2]三醉岳阳楼。文王作《酒诰》[3]，酒风代传流；武帝行酒禁，美酒醉千秋。嗜酒如命非好汉，饮酒不醉真风流。

绿酒一杯歌一遍[4]，兴哉！

玉碗盛来琥珀光[5]，美哉！

酒不醉人人自醉[6]，乐哉！

人生得意须尽欢[7]，痛哉！

---

① 杜甫《饮中八仙歌》将当时号称"酒中八仙人"的李白、贺知章、李适之、李琎、崔宗之、苏晋、张旭、焦遂八人从饮酒这个角度联系在一起，用追叙的方式，洗练的语言，人物速写的笔法，构成一幅栩栩如生的群像图。

② 大神仙，即吕洞宾。传说他三次醉倒在岳阳楼。

③ 文王为了吸取殷纣亡国的教训，发布《酒诰》。这是中国历史上第一部"禁酒令"，但酒终究没能禁住。

④ 出自冯延巳《长命女·春日宴》："春日宴，绿酒一杯歌一遍。再拜陈三愿：一愿郎君千岁，二愿妾身常健，三愿如同梁上燕，岁岁长相见。"

⑤ 出自李白《客中行》："兰陵美酒郁金香，玉碗盛来琥珀光。但使主人能醉客，不知何处是他乡。"

⑥ 俗语，出自《水浒传》第四回："酒中贤圣得人传，人负邦家因酒覆。解嘲破惑有常言，酒不醉人人自醉。"

⑦ 出自李白《将进酒》："君不见，黄河之水天上来，奔流到海不复回。君不见，高堂明镜悲白发，朝如青丝暮成雪。人生得意须尽欢，莫使金樽空对月。天生我材必有用，千金散尽还复来……"

白日放歌须纵酒^①，狂哉！

醉卧沙场君莫笑^②，快哉！

观赏心，听悦耳，品醉神，饮香体，思温怀。噫，诗书画乐各豪迈，世间无酒何神采？

① 出自杜甫《闻官军收河南河北》："剑外忽传收蓟北，初闻涕泪满衣裳。却看妻子愁何在，漫卷诗书喜欲狂。白日放歌须纵酒，青春作伴好还乡。即从巴峡穿巫峡，便下襄阳向洛阳。"

② 出自王翰《凉州词》："葡萄美酒夜光杯，欲饮琵琶马上催。醉卧沙场君莫笑，古来征战几人回？"

父亲赋

生我者母，母慈在血肉；教我者父，父严铸筋骨。慈母早逝①，我父功苦。峨峨乎威严父爱，浩浩乎仁德广行！

父命多舛，椿庭劬劳②。父无兄长，龆年担当③。赡上养下，顾左盼右。栉风沐雨，心牵九儿④苦乐；迎年送月，肩驮一家冷暖。四旬亡妻，地主紧咒压背曲；三载连荒，野菜草籽充腹难⑤。朝扶霜犁，午炊菜粥，暮饲牛羊，夜补褛衣。担风雨，煎日月，维家不散；弃尊严，携幼子，沿门行乞⑥。足行险壑思坦道，身

---

① 1969 年，笔者母亲去世。

② 椿庭，指父亲。劬劳，指父母抚养儿女的劳累。《诗经·小雅·蓼莪》："哀哀父母，生我劬劳；念劬劳之恩，星夜前来，以全孝道。"

③ 父亲兄弟姐妹四人，男的仅一人。

④ 父母共生育十个孩子，成年九个，七男二女。

⑤ 父亲 40 岁时母亲病逝。1964 年，爷爷被定为"地主分子"，家庭成分遂成地主。1971 到 1974 年，连续几年大旱，粮食严重短缺，靠野菜、糠麸充饥。

⑥ 家无隔夜之食，父亲放下尊严，带着三个小孩乞讨。

宿弊窑数繁星①。前抵恶犬、后御凶狼②，沙暴寒雪斗苦命；家外是爹、屋内作娘，病魔袭身几丧终③。炒棉蓬④、烙麸饼，深眶陷腮成皓首；拔苦豆、掘甘草，沟额茧手嶙峋躯。羊群躲难，苗圃偷安⑤。

笔耕春秋，书香人生。一载黉门⑥，不耻下问，自学修得满腹句；终日读写，手无释卷⑦，油灯熬成识字生。身受难，学以慰藉，一手算盘一手笔；腹缺米，文以充饥，几块沙盘⑧几卷书。秧歌乱弹⑨，说喜⑩言庆，一百里方圆快乐使者；孔孟儒道，掐日取名，七十载

---

① 在行乞的日子里，夜晚常常睡在没有门窗的破窑里，看着满天的星星给孩子讲"牛郎织女"的故事，对未来充满希望。

② 当时陕北山里有野狼。

③ 两次病重，留下遗言，险些丧命。

④ 一种生命力很旺盛的野草。籽涩苦，但经过冲洗、脱壳、炒制，做成炒面可勉强充饥。那时的陕北农村人大多都吃过这种替代食物。

⑤ 20世纪70年代，经过二哥一番"偷梁换柱"的努力，父亲被派公社苗圃牧羊，暂时躲过批斗，还基本解决了温饱。

⑥ 父亲小时候仅在其舅舅家上了一年多的私塾。

⑦ 哪怕是在最艰难的乞讨岁月，父亲仍然手不释卷。

⑧ 由于缺少纸张，父亲就在盘子里放些沙子，用手指、木棍在沙盘上练习写字。

⑨ 乱弹，秦腔的俗称。

⑩ 说喜，陕北民间特有的一种文化现象，即在小孩满月百天、婚庆、贺寿、上梁等喜庆仪式中，民间艺人现编现说一些吉祥话，增加喜庆氛围。

乡间草根文人①。德养天地，恪守仁义礼智信；法效先祖，恒修温良恭俭让。以苦为乐、日来日受，视亏为福②、常吃常安。

勤以修心，劳以养家。同鸡共起，五更响鞭唤醒早春牛梦，倾耕不顾三生悲；与星咸眠，半夜昏灯熏黑矮窑土壁③，苦读哪晓五体寒。家徒严训子，辟教育兴家④蹊径；身倦愈劳作，扬勤俭致富祖德。锄镰在手，晴时耕种收碾，家仓社廪粒粒蕴汗水；锨铲常握，逢雨修桥补路⑤，田阡巷陌处处凝心血。犁耒剪晨影，牧歌泻牛羊。观儿温饱两眉笑，恶风来袭一身挡。

善举无穷路，广胸纳海天。食不饱腹，尝以守舍老鸡赠病友；衣不蔽体，竟将当家皮袄予寒人。心随

---

① 父亲给人取名、掐日等从不收取费用。父亲并不是教条地给人取名，思想总能与时俱进。郑家沟从老庄子搬出八户人家到一公里外的地方建成新庄子，父亲经过一番思考，取名"八兴庄"。等庄名被广泛认可后，自己又出钱立碑正式命名，传为佳话。

② 吃亏是父亲教导子孙最多的话。他深信，每个人的福报都是吃亏换来的。

③ 当时家里穷，就给石油钻井队干点零碎活，换些废柴油点灯，家里窑洞的墙壁被熏得乌黑。

④ 方圆十几里最早考出大学生的农家，念书的孩子们看到了希望，从此，庄子里接二连三地考出大学生。

⑤ 修桥补路是父亲坚持了大半生的修德行为。每逢下雨，父亲就会出现在路边。父亲去世出殡那天，村上正好通了公路。修了一辈子路的父亲，最后"走"了一次政府修的新路。这大概是上天对父亲一生修桥补路的安慰。

缘进退，财从道舍得 ①。得昭雪，胸无怨迹；获平反，心若秋湖。沐雨露、秉天伦，宽背驮家事碾过蹉跎岁月；感恩泽、承地理，苍手牵儿孙颐享脉脉夕阳。

殷勤化春雨，教诲传子孙。香烟、烈醇、海奇山珍无贪味 ②；小米、苦菜，淡茶粗衣总宜心 ③。不慕荣华富贵，但求老幼平安。春夏秋冬，孝子贤孙绕膝乐；年节喜庆，箫笛锣鼓寻常欢 ④。目严厉，谆谆言训，教儿女节高品正；怀温宽，孜孜勤身，传子孙耕读家

---

① 笔者把父亲一生做人的原则凝练于这副对联中，书写后挂在书房，鞭策自己。

② 父亲反对家里人抽烟、酗酒、耍赌，这一要求几十年如一日，家族100多人，无一人抽烟、耍赌、违法。团庄（当地人送王家的堂号）家风远近闻名。

③ 父亲对食物几乎没有要求，强调"不管啥饭，吃饱就行"。父亲一直都喜欢吃黄米、小米、荞面、苦苦菜这类杂粮野菜，黄米黏饭是"最理想的食品"。父亲最反对倒掉剩饭剩菜，最反对说食物"不好吃"。路边有被丢弃的食物，父亲都要捡回家喂鸡喂羊。

④ 遇节庆全家聚集，必敲锣打鼓扭秧歌，操各种乐器唱民歌、吼秦腔。父亲最喜欢这样的场面，甚至在弥留之际，乐器响起时他都会睁开眼静静地看、静静地听。

风①。三年病榻古难孝，温衾涤溺有顺儿②。巍峨白玉山哺憨憨父爱，宽阔红柳沟③砥烁烁人格。芸芸往迹，父德为尊。

小鬼短义，阎王无情。八七④亲老去，阴阳天各边。除夕守孤夜，中秋空婵娟。瓜瓞绵绵兮，续先人之根脉；香火袅袅兮，宣严父之厚德。

---

① 团庄有真正的"耕读家风"。这个家风并非轻易形成，是经历了爷爷和父亲两代人才形成的。爷爷自幼勤勉，每日早耕总是第一个进地，第一个完成耕作，卸犁后，给牛驮上水，自己再担一担水回家。院子里从来都干净整洁。爷爷不管给自家、给别人还是给生产队干活，从不偷懒，他做的所有农活都是标杆，没人能挑出任何毛病。爷爷把这种勤勉、认真注入家族基因，团庄的后人全都这样。父亲只读了一年多私塾，之后长期坚持看书自学，成为庄子里和老辈中的文化人。爷爷和父亲两代人在耕、读上建立了家族的精神高地，从而形成了真正意义上的"耕读家风"。

② 二十四孝中有"扇枕温衾"和"涤亲溺器"两个典故。东汉黄香九岁丧母，事父极孝。酷夏为父亲扇枕，寒冬用身体为父亲温席。北宋黄庭坚身居高位，侍奉母亲竭尽孝诚，每天亲自为母亲洗涤溺器。父亲的儿女个个孝顺，二儿子像两个典故中的人物一样侍奉卧床的父亲三年，直至父亲终老，赢得四方赞誉。

③ 白玉山本为家乡的白于山，笔者有意改之；红柳沟是家乡的一条水沟。

④ 父亲享年87岁。

王　赋

天有王乾坤定，地有王世道安。

参通天地人，聚合日月星。元亨，龙门大王；利贞，飞龙在天。天行健，君子以自强不息；地势坤，君子以厚德载物①。修高德而令，佑天下如子。子曰：一贯三为王②。

豪迈以冲霄，中正而无邪。王道荡荡，无偏无党；王德浩浩，福荫黔首。普天之下莫非王土，率土之滨莫非王臣③。立中国，威慑四海；居庙堂，怀柔八方。王君奉责，尽瘁事国。盖之如天，天下为公道豁豁；容之若地，地承爱民福绵绵。荀子曰：修礼者王，王者富民④。

王者，德法也。千古恒一，赳赳无屈。符像森森，图腾铮铮；斧钺威威，皇权辉辉⑤。法者，王之本；

---

① 出自《周易》。三为乾卦之象。
② 出自《说文解字》。
③ 出自《诗经·小雅·谷风之什·北山》。
④ 化自《荀子·王制》。
⑤ "王"的甲骨文是一个人拿着象征权威的斧钺。

刑者，爱之自①。全道德，致隆高，振毫末，纂文理，一天下②；天凭义，地依道，虎侍像，龙富威，神居灵。孟子曰：以德行政者王。

王者，风范也。雍容华贵之气宇，吞吐山河之壮怀。道出权，权出威，威出信，信出誉；容乃公，公乃王，王乃天，天乃道③。得道多助，失道寡助④。九鼎列、四海应，公⑤吐哺、天下归。管子曰：言于室、满于室，言于堂、满于堂，是谓天下王⑥。

王者，则天之义也。王之属皆从王，守土奉天为王。帝国姓王，天下归往。和天地人者为圣，通天地人者为王。皇天而后土，内圣而外王⑦。保民而王，莫之能御⑧。荀子曰：天下归之之谓王，天下去之之谓亡⑨。

王者，成就天下也。头顶天，足立地，心切人文；象系乾，卦维坤，神贯九鼎。首冠一冕者主，腰佩一器者玉。灌顶醍醐，人善一点玉为金；道通德达，举

---

① 出自《韩非子》。
② 出自《荀子》。
③ 化自《道德经》。
④ 出自《孟子·公孙丑下》。
⑤ 指周公。
⑥ 出自《韩非子·难三》。
⑦ 化自《庄子·天下篇》。
⑧ 出自《孟子·梁惠王上》："保民而王，莫之能御也。"
⑨ 出自《荀子·正论》。

人之王乃成全。云行雨施，德至誉来。天动地静，一心定而王天下 ①；木荣水灵，众德同而劳者王。

---

① 出自《庄子·天道》。

五十岁感赋

人生如四季，寻常是枯荣。春烂漫，夏葱茏，秋静爽，冬从容。二十如烟，三十如蜜，四十如茶，五十如酒。半百已茫然，五十知天命。

初生牛犊何惧虎？且行且顾将后程。少年激情烈焰，青春阳光明媚；几度果敢豪迈，多少倜傥如风。莫道果妒花艳，曾经花慕果荣。青涩褪、金熟添，感性淡、理性增。举首望苍松，不仰慕、不悲观；低头看芳草，无孤傲、无自矜。宽厚坦然始豁达，沉着持重渐淡定。笑隐忍，从容开朗；悲持范，意趣沉稳。取舍处平娴淡看，进退间宠辱少惊。教训汲经验，坎坷砺毅心。苦辣酸甜寻常味，喜怒哀乐人间风。

人生七十古来稀，年至半百知时光。跋山岳，穿行真假善恶；涉江湖，听看风雷雨霜。勤耕百谷裕，陈酿久醇香。胸歉墨，只悔当初读书浅；笔乏力，方恨先前惰思量。无奢望功成名垂，不甘心虚度时光。金缕玉装曾经好，渴饮诗书五体芳。无心金迷纸醉，倦趣宝马霓裳；渐亲笔墨纸砚，眷恋诗书画章。抱朴含真，解行仁义礼智信；淡待名利，始悟温良俭恭让。言行不大过，学《易》有恒常①。

隐隐无奈，淡淡忧伤。晕眼花发，报国年岁有限；父衰母故，尽孝时日多长？白驹之过隙，逝者如斯夫；人生天地间，岁月不留光。浮云着山，倦鸟归巢；飘心安腹，游魂落堂。曾以为，但逢红颜便知己？现如今，病老夫妻真鸳鸯。人生向品质，德性琢渐强。风雨洗怨恨，情义唤阳光。怀存温火化石柔，胸做宽谷平骇浪。

人生已过当午日，灵丹难保再五十。心平气静，肩厚骨实。耳渐木，三间陋室也纳风声雨味；目已花，七尺拙躯常牵国情世事。案头公干勤力尽，乡愁旧事梦常思。不求人、无借账，怯担烦恼事；怕欠情、无亏心，起居求自适。趁健康，感恩图报；有余力，正气充实。桌前一茶一粥，案头一笔一纸。居家一斋香卷，出门三两真挚。一老妻相濡以沫，几子孙绕膝常日。若此，足矣。

乙未寒食，岁满半百，感斯文以自勉。

①孔子曰："加我数年，五十以学易，可以无大过矣。"笔者50岁读《易》，希望无大过。

三十年婚赋

天地唯爱，婚姻在缘。父母予我体，妻儿成小家。己巳拜天地，相容化珍珠①。卅载阴晴风雨去，激情徐老两依依。

桑梓邻木②，冯王合姻。矮墙煤路，花红无鼓乐；炊烟绕巷，双喜伏尔加。爆竹催喜，鸡犬和鸣。桃花粉面红袄女，笑眼欢语春风郎。拜天地，谢亲朋。宾主不分，同学好友与兄侄齐助；远近来贺，粗茶淡饭就白干唯酬。众人归去欢闹尽，洞房明烛理餐盘③。

奋斗夫妻，周末鸳鸯。住银郊，城里小干部，半车煤饼炊暖半冬季；业贺兰，乡村女教师，一袋土豆对付一学期。农舍房，压井④露厕入风月；尹家渠⑤，金田荫柳后花园。飞鸽乐为宝马驾，化纤必定绸缎装。

① 己巳年腊月二十五，公历 1990 年 1 月 21 日结婚，今满 30年，珍珠婚。
② 妻子与笔者为同乡。
③ 婚房是租的郊区农房，请厨师做饭，餐桌餐具都是借来的。客人走后，直到深夜，夫妻俩还在清理餐盘。
④ 指农村手摇式压水井。
⑤ 结婚时租住在郊区尹家渠二队一农户的房子。

岁购半新洗衣机，靠分期付款；月填小具汽化炉①，拖房东赁银。满身泥土，两脚芬芳。

酉二月，观音送憨子；仲夏日，分得"幸福"房②。搬煤五楼煨暖室③，腰痛三更心怡然。告别分居，妻胆敢自破"铁饭碗"；合家团聚，夫无奈自嘲"两制家"④。起早贪黑，访熟拜陌，三年渐稳足；走村问户，格子键盘⑤，五载夯初基。小儿语牙牙，天伦乐融融。

小家过十载，一步一阶新。柴米油盐充裕，肉蛋奶茶无虞。冰箱碟机大哥大，彩照毛料皮沙发。件件凝汗水，徐徐添小家。居家书乐茗，出门"招手停"⑥。平日三口各忙碌，工作、展业、上学；周末携子享乐天，冷饮、火锅、游园。夫妻偶争嘴，半天化和颜。更理念，市场买商住⑦；小理财，收益长信心。

婚姻二十岁，风雨一心牵。开口随应答，夫心妻会；伸手递物准，妻意夫合⑧。小窝变大房，公交

---

① 指做饭用的小汽化炉。
② 农历二月廿八儿子出生，夏天，单位分了银川"幸福村"小区的一间五楼没有暖气的55平方米旧房。
③ 房子是土暖气，要自己烧。
④ 停薪留职一年，后辞职，到保险公司（股份制），所以是"一家两制"。
⑤ 从事统计工作，报表、电脑成为伴侣。
⑥ 当时一种中型快捷的"招手即停"的私营公交车。
⑦ 妻子公司团购，分期付款购买了银川市最早的商住房。
⑧ 妻子不用说话，伸出手我就知道她要啥，并准确把她所要的东西递过去。

换私车。三五会友，餐餐营养盛；小酌常欢，天天比过年。闲暇棋牌乐，兴致偶演歌。儿远学，家少一乐；两对眼，简约寡言。舟中流，心聚各业抛家事；人未老，双亲已衰少伺前。

妻罹病，天晴雷。失眠盗汗肌乏力，喝口牛背满月容①。体病药治，国医名家几数访；心神我扶，聚亲会友自信还②。高校学归，儿在身边多依赖；京都谋业，游子远行母梦牵。公干尽责，家务顾及。摇椅阅屏自乐，几案耕文读墨。盼子婚，念抱孙。日月平淡过，光景两重天。

婚逾卅年，人向花甲。放歌纵酒，别将苦乐珍珠岁；填灯煮茶，更伴从容钻石心③。执子手，举案齐眉甘苦共；与子老，相濡以沫恋秋红。

---

① 妻子罹患多发性肌炎，俗称"肌无力"，后期症状为"水牛背、满月脸"。

② 疾病不仅摧残着妻子的身体，乏力、虚胖更打击着她的信心。治病的同时，我不断鼓励她走出去见亲戚、会同学，带她去旅游等，使她重拾信心、重燃希望。

③ 再过30年为"钻石婚"，先有一颗钻石心，"珍婚为钻"。

旗袍赋

中华旗袍[①]，女子绝裳。北京生，风范民国；上海长，溢美东方。

春蚕躯勤，织女巧香。质立绫罗绸缎，型寓礼仪之邦。小立领，汉服质简之典传；盘龙扣，唐装盛雅之风尚。普领、凤领、水滴领，削袖、短袖、花瓣袖，领袖能七八分；直摆、宽摆、鱼尾摆，斜襟、圆襟、琵琶襟，摆襟可短中长。

雪打红灯笼，艳烈夺虹；案托青花瓷，冷澈久长。蕴芝兰儒雅，凝国色傲香。江南水墨，采翠竹高洁；塞北驼铃，溢牡丹娇芳。龙翔凤喧，春燕催桃粉；蝶恋英飞，寒霜引梅放。轻风弋逸，高云娴静；细雨悄敲，泉溪逐响。含烟梳柳，紫陌红尘苔痕绒绒；击磬弄玉，白墙乌巷金竹长长。

似茶香如溢，比酒浓烈坊。琼瑶桂枝，观音坐宝莲；霓虹蟠桃，仙鹤立荷塘。仙子花折伞，佳人弄青丝；

---

① 旗袍，民国时期在北京形成，后来在大上海流行，成为东方女性服饰的代表。

春闺香风扇，伉俪沐夕阳。彩云银月，飘过古筝洞箫；雪肤玉露，辗转琉瓦曲廊。广寒琴棋书画，瑶池舞漫歌扬。村前绽梨雪，桥外摇画舫。

一道锦绣，万里春江。岸边风景过，回眸痴双双。收敛之丰腴，含蓄之开放。流行之传统，经典之时尚。丹青水墨，国色天香。体醉千载，唯美万方。雨润宫阙，花开高堂。抑扬平仄品古意，超凡脱俗天羽翔。婉约诗词雅，豪放歌赋狂。

贵哉中华旗袍，雅哉云锦霓裳。

麻将赋

麻将者，雀牌也。始于大明，火于当代。发于南滇，普于四海。徒有国粹雅^①，实为国玩牌。

苍苍南海碧波浩，茫茫西洋白帆摇。三宝^②神九霄，水兵斗寂寥。采天精，法地气，念周易，卜八卦，超然冥冥，雀牌遂造。

一胶粘两面，两面貌不同：一面老黄竹，一面冷骨骸。外表百面如一，内心各怀情态。中、发、白，喻三光^③；条、饼、万，合三才^④。士兵乃万，军械比条，粮饷作饼，气象风牌。有"口"未必能吃，少"将"统兵无赖。天罡地煞^⑤，上九至尊^⑥。族人百二余，逍遥四君子。饼万条，三分天下雀；赤青绿，明别各神采。

---

① 许多人将麻将列为"国粹"。
② 指郑和，小名三宝，又作三保。
③ 三光，即日、月、星。
④ 三才，即天、地、人。
⑤ 麻将"饼""万""条"各36张，和天罡36法，和地煞72术，三色合计108。
⑥ 麻将的最大数为九，出自《易经》卦里的"阳爻"。

电驱雀牌免得双手劳顿，茶楼会所巧作俗内雅外①。

正反分是非，方寸聚风②云。四人玩，两两对视；三缺一，候人急心。牌牌重洗，局局如新。上牌凭手气，出牌显技功。看上家，顶下家，盯对门，顾自门。抓、吃、碰招招享受，扛、胡、摸把把欢心。放抒意志，消磨人生。胜服忘忧草，宠辱皆忘；堪饮琼浆泉，贵贱无分。梅兰竹菊君子合，条万饼妖皆上阵。春夏秋冬四季发财，东西南北八面迎风。醒摸六九万，梦绕四七饼。清一色，门前清，四暗刻，碰碰成。一条龙贪念十三不靠摸，对对胡更想扛头开花红③。怕点炮心悬三丈，求自摸手痴目愣。

包胡滑水，小玩轮转八圈；血战到底，大耍通宵达旦。几多灵指摸搓摔，几多慧眼不厌看，几多渴口碰胡扛，几多急脚蹭地闲。名冠五洲四海，声彻地北天南。轰隆隆，范喜良"长城"四起；哗啦啦，孟姜女喝倒一边。善修"长城"手，神传千百年。三岁孩童，九旬老仙。不会语，能言胡碰；未入学，先识九万。明宫亮堂，官人大亨；矮房茅庐，市井老板。有华人必有麻将，人类绝玩；有麻将必有华人，旷世奇观！

---

① 街面上，多数名为茶楼的便是麻将馆，"茶楼"只是块遮羞布。

② 东、西、南、北为"风"。

③ 一条龙不可能十三不靠，对对胡也不可能扛头开花。这里讽刺玩麻将人的贪婪。

消磨时光，健身防老；联络情感，谈论生意；传播消息，评说趣事。废寝忘食者有之，飘飘欲仙者有之；谈笑风生者有之，少言寡语者有之；兴高采烈者有之，垂头丧气者有之。赢家多挥霍，输家寡寝食。呜呼，悲喜者过望，来去者无止。然则，贪恋者，薄情丧志；嗜赌者，离妻散子。

麻将乃人生逻辑，麻将乃社会哲理；麻将乃待客佳肴，麻将乃治病良医；麻将乃迷醉奇品，麻将乃兴神强剂。

神将天将不比麻将，名牌品牌莫若雀牌。以"和"①为乐！

---

① 和，在麻将中读作 hú。此处双关。

宁夏新十景赋

　　苍天久眷顾，天下黄河富宁夏；长河恒滋养，塞北江南旧有名①。明誉八景②，清又八景③。察古迹光辉绵续，观今景胜状逾前。大美宁夏，谨赋十景：

　　黄河古渡。④坚石磊岸，夕阳映古渡；纤绳勒木，月照金沙长。洞沟才别敲石客⑤，转眼船载节度郭⑥。

---

① 出自韦蟾《送卢潘尚书之灵武》："贺兰山下果园成，塞北江南旧有名。水木万家朱户暗，弓刀千队铁衣鸣。心源落落堪为将，胆气堂堂合用兵。却使六番诸子弟，马前不信是书生。"

② 朱栴（朱元璋第十六子）为庆王，封地在宁夏。他十分喜欢宁夏，写了大量歌颂宁夏的诗篇，特别是亲自厘定"宁夏八景"，并赋以诗，即贺兰晴雪、汉渠春涨、月湖夕照、黄沙古渡、灵武秋风、黑水故城、官桥柳色、梵刹钟声。

③ 张金城《乾隆宁夏府志》收录了新八景，即山屏晚翠、河带晴光、古塔凌霄、长渠流润、西桥柳色、南麓果园、连湖渔歌、高台梵刹。

④ 化自朱栴"黄沙古渡"。

⑤ 指旧石器时代的水洞沟遗址。

⑥ 指唐朝节度使郭子仪。

君不见，白帆渔歌日边去，兵沟①黄芦几枯容；君不见，纤夫引索船公号，昔日河水卷沙流。二三水车转，蜻蜓点水芙蓉艳；几叶扁舟逍，古渡铁舰感军威②。车载乌金③虹桥渡，老船旧岸络绎人。

贺兰晴雪。延绵莽野，重山矗大漠；纵览河套，雄驱阻塞寒。河映山翠，古堡神影④。岳武穆踏破山缺驱胡骑⑤，子弟兵驭鹰长空保家国⑥。悠云无声，清

---

① 兵沟指位于平罗南部的黄河大峡谷。那里沟壑纵横，有未经任何破坏的原始地貌，国内外影视剧组和游客争相前往。兵沟旅游区的景观主要是障、墓、河、沙、谷。障就是浑怀障。秦大将蒙恬北击匈奴时修筑的要塞浑怀障君城所在地。墓就是汉墓群。兵沟汉墓群为秦末至西汉守边将士的墓葬群，有数百座之多。河就是黄河。黄河从兵沟旅游区流过。沙就是大漠。兵沟旅游区东连毛乌素沙漠，沙漠中有古烽火台。谷就是大峡谷。谷中的珍珠泉泉水潺潺流出。
② 指黄河岸边的军博园。
③ 指宁夏宁东地区出产的煤炭。
④ 指镇北堡西部影城。张贤亮先生称"中国电影从这里走向世界"。
⑤ 化自岳飞《满江红》："怒发冲冠，凭栏处、潇潇雨歇。抬望眼、仰天长啸，壮怀激烈。三十功名尘与土，八千里路云和月。莫等闲、白了少年头，空悲切。靖康耻，犹未雪。臣子恨，何时灭。驾长车踏破，贺兰山缺。壮志饥餐胡虏肉，笑谈渴饮匈奴血。待从头、收拾旧山河，朝天阙。"
⑥ 指贺兰山下驻扎的空军某师。

泉有韵；锦鸟鸣涧，岩羊①窥谷。一夜风雪群芳尽，苍松傲梅悬仞崖。诗曰："满眼但知银世界，举头都是玉江山。"②

六盘丝路。清源浚泾水③，厚土载福生。长城秦韵④，盛世雄风慑四海；须弥⑤赤壁⑥，丝路漫漫绵驼铃。宁南砥柱，古岳陇山⑦雁不过；六盘天高，红军雄胆云靴登。伟人诗⑧壮志，大山铭骨风。无边茂木妆谷翠，有意银霜染巅红。

唐渠柳色。⑨河富一套，渠贯朔方。古今十二渠，风流最唐徕。峡口入，惠农出，浩浩三百里；盛唐成，历代享，滋养万顷田。居者安、幼老逸，园艺隽、金凤鸣⑩。桃红蜂先睹，柳绿燕早知。春岸暖，夏雨霏，秋姹紫，冬玉妆。水木诗画，长渠流景。可怜三月灞

---

① 近年来，贺兰山自然保护区中岩羊、锦鸡、环颈雉等野生动物随处可见，与人和谐相处。
② 朱栴"贺兰晴雪"。
③ 指发源自六盘山的泾河。
④ 六盘山下有秦长城遗址。
⑤ 指须弥山石窟。
⑥ 指西吉县火石寨丹霞景观。
⑦ 六盘山古称陇山。
⑧ 毛泽东长征过六盘山，留下《清平乐·六盘山》。"不到长城非好汉"的精神鼓舞全国人民不怕困难、勇往直前。
⑨ 明"八景"有"观桥柳色"，清"新八景"有"西桥柳色"，本赋再聚焦"柳色"。唐徕渠纵穿银川城，柳色更美。
⑩ 银川雅称凤城。

桥^①客，哪晓此间柳色新。

沙坡鸣钟。^②河出高原，缓迁大柳^③。大漠并田园同处，沙幔与浪花共舞。轰轰乎，百仞沙岸如钟作；隆隆乎，几声汽笛号长春。情冲沙海，心沐阳光。长河接落日，皮筏点点银涛荡；大漠凝孤烟^④，驼铃声声金波流。石润西瓜蜜，日美枸杞红。银水映绿柳，碧草掩金格^⑤。河韵新都腾漠立，世人惊绝岂鸣沙？

稻村渔歌。荫荫河套，珍米^⑥雪鱼皇贡久；茫茫果野，仙客常疑蟠桃园。翠纲银目，河带晴光^⑦。金秋朗气，云水一色。击壤农夫悦熟稻，良田花儿^⑧互答歌。诗为证：雁过菊开九重阳，七二连湖塞川香。万顷稻浪江南韵，红鱼青虾跃船舱。

---

① 关中有"灞桥柳色"，笔者认为此处的柳色远胜关中，那些折柳相送者还是来这里吧。
② "沙坡鸣钟"系中卫八景之一。
③ 黄河进入宁夏黑山峡段，最险峻处名为"大柳树"，是黄河流域最后一处可建设高坝的峡谷。
④ "大漠孤烟""长河落日"出自王维《使至塞上》："单车欲问边，属国过居延。征蓬出汉塞，归雁入胡天。大漠孤烟直，长河落日圆。萧关逢候骑，都护在燕然。"
⑤ 沙坡头用草方格治沙，确保包兰铁路安全穿过腾格里大沙漠，成为世界治沙奇迹。
⑥ 产于青铜峡叶盛的珍珠米曾为贡米。
⑦ "河带晴光"，清宁夏"新八景"之一。
⑧ "花儿"是宁夏民歌的演唱形式，有"六盘山花儿""塞上花儿"等。

沙湖芦月。神留一点沙①，长河育大美。翔鹭蔽日青纱荡，水似江南沙塞北。腾舟惊栖鸟，碧浪摇丛苇。画舫浮水，竹窗沉静月；银湖壮霞，翠蛙戏荷蜓。鸟飞天堂，鱼游乐水。客曰：贺兰游罢不赏月②，塞上归来不看沙。

西陵紫玉。酒镇星罗兰山麓③，西陵阙台映果廊。妙音鸟鸣，遥知秃发老幼怡乐；隐隐刀枪，莫非党项秣马厉兵？黄土埋拓跋神秘，群陵诉曾经余晖。滚钟④凌霄塔，岩画何人留⑤？千顷绿廊，甸甸葡萄紫玉城；百家名庄，琼酿盛誉西人浆⑥。

草原牧归。天蓝蓝，草青青，遍野黄药⑦栖百灵；

---

① 沙湖周边百里无沙，这里的沙好似神仙携来。

② 贺兰山是观赏月亮、星星最好的地方。

③ 贺兰山葡萄长廊规划建设了一批中心镇及上百家葡萄酒庄。

④ 贺兰山滚钟口有马鸿逵留下的避暑山庄。

⑤ 贺兰山在古代是匈奴、鲜卑、突厥、回鹘、吐蕃、党项等北方少数民族游牧、聚居的地方。他们把生产生活的场景，凿刻在贺兰山的岩石上，表现对美好生活的向往与追求，再现了当时的审美观念、社会习俗和生活情趣。在南北长200多公里的贺兰山腹地，有20多处岩画遗存。这些岩画究竟何人所刻，至今尚无定论。

⑥ 一般认为欧洲的葡萄酒世界一流。近年来，贺兰山东麓葡萄酒在"品醇客"等各类国际红酒大赛上频获大奖，专家认为这里的红酒不亚于世界任何著名产区的红酒。

⑦ 指黄色的甘草，宁夏"五宝"之一。

羊星星，烟袅袅，连天豆草①掩马蒿。红日、赤缨、八角帽，步枪、草履、英烈陵。花马湖②上盐如雪，铁柱泉③边饮渴驼。风簇草浪，蔽日蜂蝶原上舞；雨润蒿香，露着荞花点点娇。豪饮盛主三碗酒，且听王贵李香情④。

梯田春桃。 泾河襟渭水，丝云带六盘。雪融凌溪响朝那⑤，雨润桃花唤春牛。轻雾丝丝，五谷衣陇岳；羊道弯弯，梯田裙高山。殷实百姓，富庶黄原。百尝本草，悟就针灸甲乙经⑥；三苦精神，不到长城非好汉⑦。

壮美山河、悠绵春秋，勤勉百姓、丰饶物产。江南之秀色，塞外之雄宏。十方景致，道不尽锦绣十万里；千言拙文，怎概览天府新宁夏？

---

① 豆草，即苦豆草，可入药。
② 花马池是盐池县和定边县交接处的盐湖。花马池也是盐池县的别称。
③ 铁柱泉是盐池境内的一处古泉。
④ 李季《王贵与李香香》，是发生在三边地区的爱情故事。
⑤ 朝那（zhū nuó），西汉置，在今宁夏彭阳县境内。
⑥ 即《黄帝三部针灸甲乙经》，简称《甲乙经》，晋皇甫谧撰于魏甘露四年，是现存最早的针灸学专著，也是最早将针灸学理论与腧（shù）穴学相结合的著作。
⑦ 出自毛泽东《清平乐·六盘山》："天高云淡，望断南飞雁。不到长城非好汉，屈指行程二万。六盘山上高峰，红旗漫卷西风。今日长缨在手，何时缚住苍龙？"

宁夏引黄古灌区赋

水洞沟先民，敲石围猎声声荡；鸽子山勤辈，磨斧劈田步步铿①。剑风解古冰，昆仑奔来天河水；高阳融圣雪，母汁厚哺宁夏川。贺兰雄峰守望，腾、乌、毛三漠②难进犯；大河眷顾塞上，青、卫、蒙两套③漫桑田。

渠引河润，流玉千秋。地常羌戎强牧，民苦匈奴扰侵。始皇雄风，屯千军垦拒河盗寇，始拓河南地④；汉武大略，迁万户开渠溉荒田，恒固朔方疆。河行塞壤，谷果丰裕。秦有秦渠，秦家⑤富庶自此启；

① 水洞沟、鸽子山为贺兰山下和黄河右岸附近发现的两处全国知名的旧石器时代遗址。敲石、磨斧是旧石器时代和新石器时代的象征。
② 宁夏引黄灌区位于腾格里、乌兰布和、毛乌素三大沙漠夹击之地。
③ 河套地区分为前套和后套，前套（宁夏灌区）又分为卫宁灌区和青铜峡灌区。
④ 河南地，秦朝时指关中盆地往北的黄河以南地区，本文特指宁夏灌区。
⑤ 秦家渠，即秦渠，有专家认为是秦朝修建的，也有专家认为是七级渠，谐音"秦家渠"。

汉开汉坝^①，汉伯^②抵胡塞上居。辟汉源^③，汉渠延绵
两千岁；修唐渠，唐徕垦农百万生^④。汉家庭前马莲^⑤

①古时也将渠称作坝。

②汉渠别称汉伯渠。

③汉延渠又称汉源渠（谐音）。

④唐元和年，灵州大都督府长史李听疏浚古汉渠，恢复灌溉，
招来百万开垦者，故名唐徕渠。

⑤马莲，即马莲渠，汉渠的支渠，在今吴忠市利通区，继续
发挥着灌溉作用。

艳，朔方宽背载富平①。虞郭②请复三郡，激河浚流，岁省费亿数，沃野千里，谷稼殷积；刁雍③岔河筑堤，艾山开渠，节灌十六字④，官课常充，民亦丰赡。千

---

① 秦朝在此设富平县。富平县从北郡到今天的陕西关中地区，经历了三次不平凡的整体大搬迁。第一迁：池阳（今陕西泾阳县西北）。东汉永初元年，朝廷决意要把西域都护和田卒撤回内地，便征金城（兰州）、陇西、天水的羌人随军掩护。途中许多羌人逃跑，朝廷发兵堵截，羌人被迫起义。在镇压起义不力的情况下，永初五年（公元 111 年），政府下令将北地、安定、上郡、陇西四个郡整建制迁往内地，即史上的"边塞四郡内迁"。富平迁到池阳。汉顺帝永建四年，边疆形势转好，虞诩请求恢复北地郡、安定郡、上郡。北地郡及其郡治富平县在迁出宁夏 18 年后迁回故地。第二迁：冯翊（今陕西高陵县）。永和四年，第二次羌人起义。永和六年，北地郡对羌人作战不力，无力守护富平城，又将富平县迁往冯翊（今陕西高陵县）。第三迁：怀德（今陕西富平县怀阳城）。44 年后，东汉平定了羌人的第三次起义，于汉灵帝中平五年，准备将富平县从冯翊迁回宁夏。回迁时走到彭原界，因朝政腐败、群雄割据、边塞战乱而停下来，在这里又是 42 年，其间，东汉灭亡。西晋咸宁三年三月，无奈的富平人将富平县继续向内地迁，到了怀德故城，此为富平第三次内迁，也是今富平县之始。
② 虞郭，即虞诩（尚书仆射）、郭璜。二人上书皇帝请求恢复安定、北地、上郡三郡，被准。
③ 刁雍，北魏时任薄骨律镇将，开艾山渠、薄骨律渠，在西岔河筑宁夏历史上第一座拦河坝。
④ 刁雍推行的治水之法："一旬之间，则水一遍；水凡四溉，谷得成食。"这个制度被认为是宁夏最早的节水灌溉法。

古河枉流，北魏始漕运。李听^①苦心，唤汉古^②唐徕；毛鹏^③浪漫，化网虫美利^④。御史、尚书借命渠，七级、特进^⑤阶比高。羚羊驰三坝^⑥，白马^⑦望七星^⑧。沙深石

---

① 李听，唐元和年任灵州大都督府长史。

② 汉代古渠名，唐徕渠的前身。

③ 毛鹏，明朝嘉靖中丞，维修蜘蛛渠后更名为美利渠。

④ 网虫是蜘蛛的别名，这里指蜘蛛渠，为元代郭守敬所修，后被毛鹏更名为美利渠。

⑤ 御史、尚书、七级、特进都是唐朝的渠名。

⑥ 羚羊三渠：明代在中卫修羚羊寿渠、羚羊夹渠、羚羊角渠。

⑦ 白马，即"白马拉缰"传说。古时，有一位手艺高超的石匠，了解到中卫沙坡头百姓有开渠引水的心愿，便背上工具，领着儿子到沙坡头，带领百姓选了几个渠口，但多年都没有挖成。为寻找最佳引水口，石匠日复一日、年复一年地奔波着，终因积劳成疾离开了人世。小石匠继承父亲的遗愿，决心要在黄河北岸找到一个理想的渠口。小石匠为选渠口已经走了三天三夜，实在累极了，便在河滩上睡着了。他梦见一位美丽的仙女从沙坡头大槐树下的黄河浪涛里走出，挽着高高的发髻，身着锦衣，骑着一匹高头白马来到他的面前，说："年轻人啊，你为了造福百姓，勇于奉献自己，令人敬佩，请跟我来吧。"说罢，扬鞭策马，拖着一条长长的锦带，顺黄河北岸飞奔而去，锦带拖过的地方随即留下一道长长的白印。小石匠醒来，发现白印留在河滩上，崖上出现了几个大字："渠口从印而过，河水长流不断。"于是，他带着乡亲们顺着白印筑堤开渠，克服了种种困难，终于筑起一条长石堤，不论黄河水涨水落，渠里的水总是川流不息。人们为了纪念那位年轻的石匠，把这条长堤叫作"白马拉缰"。

⑧ 明代开发的七星渠，具体年代、何人主持等现不可考。相传泉眼山下有泉七眼，列北斗状，故称七星。

坚，王公①兴叹，金积难竣，靖虏②不成。盛唐十三渠，凡泽百万亩。宋浚唐徕汉源、旱涝无虞，其时地饶五谷、稻麦尤宜。李王③曾坝，已随拓跋悄悄逝；昊王遗渠，默守西陵④朔气中。大元荣以郭守敬，敢将旧水谋新途。蜘蛛侠八百岁不老，都水系⑤五朝代如初。明代添羚羊，腴两万顷；宁正⑥浚汉唐，兵食饶足。宁誉九边重镇，屯田积谷最多。王公全臣⑦，修渠宁朔⑧冠之大清；侍郎通智，开来皇渠⑨图以惠民。康熙、雍正接力治水，

①王公，即王珣，弘治年为右都御史巡抚宁夏，其间疏通汉渠、唐徕渠等，后开挖金积渠、靖虏渠。

②金积、靖虏，王珣费尽心力开挖这两条渠，终因地质条件恶劣未果。据考，现在东干渠一部分就是在金积渠的遗存上修建的。

③李王，即李元昊，早先有李王渠，今址不可靠。

④西陵，即西夏王陵。

⑤郭守敬，元朝著名的天文学家、数学家、水利专家。曾担任都水监，负责修治元大都至通州的运河。他新订的历法《授时历》，通行360多年。受元顺帝之命，引大都西北的诸泉水，在金国原来运粮河的基础上重新修凿，东至通州入白河，全长164里，建坝湖11处，取名通惠河，沿用至今。郭守敬到宁夏提出"固旧谋新、更立闸堰"的治水方略，亲自主持修建闸坝控制工程，修复排水系统，组织疏浚唐徕、汉延等渠，开蜘蛛渠（后更名为美利渠），使当地的农田得以灌溉，后升任都水少监。元朝治国最大的功绩是兴修水利，兴修水利的第一功臣即郭守敬。

⑥宁正，洪武年间任宁夏卫事，进行过大规模的浚渠开田。

⑦王全臣，康熙年间任水利同知，大修汉、唐二渠。

⑧宁朔，即宁朔县。

⑨因惠农渠为皇家出资开挖，故百姓称其为"皇渠"。

惠农、昌润两渠齐掘。清拥畅渠廿又三，居业富庶；岁滋厚田双百万，甲于秦陇①。民国战乱国弱民苦，小开两渠湛恩云亭②。汉、唐、宋、明改朝换代，浚故开新，幽渠出河惠塞上；魏③、夏④、元、清更名易姓，衰而复兴，民耕沃田实仓廪。

治水有技，兴利凭法。岁常光热充裕，宜农作；平野比降⑤恰缓，利溉田。东汉兴水，技行艺施。抛石激河⑥堤，潜坝⑦迎水飞沙。北魏时灌溉有制，薄骨律四番谷成⑧。立埽斩埽⑨飞流控，水工巧技九州扬。

---

① 清朝有 23 条渠，灌溉面积 210 万亩。

② 湛恩、云亭为马鸿逵时所开的支渠名。云亭为马鸿逵父亲马福祥的字。

③ 魏，即北魏。

④ 夏，即西夏。

⑤ 宁夏引黄灌区地势平缓，河道自上而下比降为 1∶1100 ～ 1∶6000，非常利于灌溉。

⑥ 船载石块抛于河道中，逐步形成建筑引水坝的一种独特技术。

⑦ 潜坝，即潜伏在水下的坝，设置在枯水水面以下，是具有调整水面比降及限制河底冲刷等功能的河道整治建筑物。其作用一是壅高上游水位，调整比降，增加航深；二是促淤赶沙，减小过水面积，消除不良流态。

⑧ 见"节水十六字"。

⑨ 埽，即卷埽，是西夏时期百姓发明的一种治水技术，也称"草土埽工""草土围堰"。是将当地的稻草、树枝、石块卷在一起，形成埽体，用于遇到洪水需要堵塞、河岸塌方或者渠口调节水量，就地取材，方便实用。此法名扬天下，一直沿用至今。立埽，即设埽。斩埽，即撤埽。

元朝重水，河渠司宁夏专设；郭公①机巧，绝世技笑傲天下。插堰以跳水，木闸便调流②。明成水制，分灌遵法，封俵③节序，绵延不衰。汪文辉④石筑汉唐二坝⑤，跨之阔桥，桥穿廊、轩宇气，豁然耸瞻，诚塞上奇观；张九德⑥码头庇灵州城，形猪嘴⑦坝，坝护秦、洞泄汉⑧，河湖安澜，乃世纪功德。春末修闸挑渠浚，四月开水放北流。张公堤上望灵州，万点灯火念九德。全臣⑨擅技，暗洞砌石。大清治水，通智勋卓。岁修守规，施工须寻准底石⑩；行水有度，流淤明标水位尺。红柳沟，石环洞下洪峰过；七星渠，飞槽攀虹清流湍。

---

① 郭公，即郭守敬。
② 郭守敬首创的插堰、木闸是用于抬高水位、控制流量的设施。
③ 封俵，灌溉实践中形成的"先下游、后上游，先高位、后低位"的灌溉制度。
④ 汪文辉，明隆庆年宁夏佥事。在汉渠、唐徕渠上首设石闸门，并撰《汉唐二坝记》，立碑。石碑损毁，碑文尚存。
⑤ 坝，渠的别称。
⑥ 张九德，明天启年间河东兵备。
⑦ 张九德在灵州城建猪嘴码头，保障了灵州城的安全。从此，灵州城再没有受到黄河河岸坍塌的威胁。张九德作《灵州河堤记》，立碑。碑毁，碑文尚存。
⑧ 秦、汉指秦渠、汉渠。
⑨ 全臣，即王全臣。
⑩ 通智，清雍正兵部侍郎，在宁夏开挖惠农、昌润二渠，大修唐徕渠，为正闸桥墩刻画分数，标测水位。为西门桥、大渡口埋准底石12根，为宁夏水利事业做出卓越贡献。

钮公^①舍出三载苦，唤来失业尽返乡。民国行测绘，始现地形图；桐选^②一枪响，水霸从此绝。

　　九曲大河载故事，多少古渠流芳菲。蒙恬吼黄河，卫青鞭匈奴。大漠边塞，王维吟长河落日；贺兰山下，韦蟾赞塞北江南。太宗坐灵州招八王盟会^③，李亨凭朔方续盛世辉煌^④。岳飞驾长车，踏破贺兰山缺，留忠魂万世；天骄^⑤驭雄鹰，莫过六盘高峰，遗哀惋千秋。日神^⑥辉辉，谁为岩画作者？西陵默默，党项后嗣今

---

① 钮廷彩，雍正年间任宁夏道观察使。在宁夏修汉延渠，在七星渠、红柳沟上建石环洞、架飞槽等。

② 桐选，即崔桐选，1928年任宁夏水利专员。到任后枪决了把持唐徕水权的豪绅黄厚坤和唐徕渠局长蔡乐善，大快人心。

③ 贞观二十年（公元646年），唐太宗平定薛延陀叛乱，积极安抚其他西北各部。唐太宗携朝臣到灵州，先后接受各部首领和使者的朝贺。九月十五日，参加会盟的各部代表多达数千人，党项、回纥、铁勒等40多个部族首领和藩王正式把自己部族的户籍交给李世民。大会上，唐太宗被拥为"天可汗"，立誓"愿得天至尊为奴等天可汗，子子孙孙常为天至尊奴，死无所恨"。唐太宗对各首领和藩王一一进行了册封，并且即兴作诗"雪耻酬百王，除凶报千古"，勒石明志。唐朝把这种管理少数民族的制度称之羁縻州府制度。灵州会盟对稳定祖国边疆、促进民族融合产生了深远影响。

④ 安史之乱，唐明皇出逃长安，大唐江山岌岌可危，太子李亨投奔朔方节度使郭子仪。郭子仪助李亨灵州登基，挽救了大唐江山。

⑤ 天骄，即成吉思汗。

⑥ 日神，即贺兰山岩画的代表作《太阳神》。

何？庆王①钟情，歌赋八景宁夏，世外桃源留青冢；康熙胆豪，御驾亲征塞上，不战而胜噶丹②平。白马悯苍生，锦带拖渠，引大河润鱼米之乡③；通郎④厚百姓，疏淤开渠，感苍天化四渠龙王。朱府台⑤刚烈，决然吞金自尽，为用人失察谢世；王道烈⑥执着，一状告倒山河，敢叫清流顺我来。

塞上两千载，风流最当代。经堤纬坝平野立，槽涵路桥水上横。当年王珣苦兴叹，锤凿不入，火醋不裂；新时水工大无畏，西开干渠，东出干渠⑦。通一达二，

① 庆王，即朱栴，朱元璋之子。封为庆王，居宁夏。他非常喜欢宁夏，称宁夏为"世外桃源"，在这里生活了40多年，直至终老，墓地在罗山脚下。朱栴组织编写了宁夏第一部地方志《宣德宁夏志》，留下了大量脍炙人口的诗歌，其中《宁夏八景》为其代表作。

② 噶丹，即噶尔丹。康熙御驾亲征到宁夏不久，噶尔丹闻讯自杀。

③ "白马拉缰"故事。

④ 通郎，即侍郎通智。因建设水利有功，死后被雍正封为汉延渠、唐徕渠、惠农渠、大清渠"四渠总龙王"。灌区百姓每年开水节上都要祭拜"龙王"。

⑤ 相传清末宁夏府台朱某因属下张总绅贪污水利工程款，使渠道不能发挥作用。事发后，朱某羞愧难当，吞金自尽。

⑥ 相传清水河（别名山河）发洪水曾屡次淹没新堡庄稼和房屋，有个叫王道烈的人决心为民请愿，状告到中卫县衙门，后又进京上告。听说皇帝九月九日去香山烧香，趁皇帝下轿时喊冤。皇帝得知王为民请愿，便恩准了请求，并拨专款。等王回到家时，驻地屯军已改道清水河由泉眼山流入黄河。"王道烈告倒山河"的传说流传至今。

⑦ 宁夏回族自治区成立后，先后开凿了西干渠和东干渠。

河贯农场[①]；抢夏干冬，跃进成渠[②]。疏渠挖沟，排灌同重田恒沃；水旱轮作[③]，稻麦两收岁岁丰。褐石砌岸，久治河渠长乐舞；青柳护坡，亲水园榭未央歌。青铜嵌峡[④]，河缓高坝增溉效，电亮塞上鸟岛葱，令"苏修"颜汗；沙坡[⑤]迎水，清流左右稻果美，金格固漠列车驰，让世界仰观。砌涵架桥，祥龙振羽滋渴地；机鸣泉涌，母河四方[⑥]哺旱原。惜水节水，微滴管灌寻常用；兴宁美宁，民生产业水权流[⑦]。缘河而生，河襟渠，渠带湖，湖连七十二镜[⑧]；因水而兴，山牵田，田衣水，水沃八百万野[⑨]。

古灌区赫赫见证，史志文凿凿有言。故天府，塞北江南旧有名；新秦中[⑩]，天下黄河富宁夏。宁夏

---

① 通一达二，即开通第一、第二农场渠。
② 修跃进渠开创了冬季大规模施工的先河。
③ 两年旱地一年水地的"三段轮作"模式，有效降低了水位，减轻了盐渍化。
④ 在苏联专家撤走后，国内水利专家自力更生，出色地完成了青铜峡水利枢纽工程的设计和建设工作，让世界刮目相看。其中许多方面运用了祖先留下的传统技术。
⑤ 指沙坡头水利枢纽工程及治沙工程等。
⑥ 指固海、扩灌、红寺堡、盐环定四大扬水工程。
⑦ 宁夏在全国率先实行水权转换，实施生态、工业建设。
⑧ 即七十二连湖。
⑨ 现在宁夏引黄灌溉面积达800多万亩。
⑩ 秦朝统一至西汉时期河南地的新兴农业尤为繁荣，可与关中地区相媲美，因此被称为"新秦中"。"新秦中"是"塞北江南"的另一种描述。

引黄灌区四海无二，世界灌溉遗产人类辉煌。申遗喜成^①，赋以志之。

（2017年为宁夏引黄古灌区申报世界灌溉工程遗产作）

---

① 2017年10月18日，宁夏引黄古灌区在墨西哥举办的第23届国际灌溉排水委员会执行大会上被授予"世界灌溉工程遗产"，实现宁夏申报世界遗产"零"的突破。笔者作为该项目申办的宁夏负责人，领取了授牌。

宁夏扶贫赋

天下黄河富宁夏，半壁江南半壁贫^①。

陇岳^②不嫌西海固，云淡天高瘠苦长。食靠天，十载九害；居凭山，八秃二荒。窖无三日水，家缺隔夜粮。千金难买一树绿，雨落秃岭泥壑黄。一场风，春到冬，抬起脚跟不见踪；春立木，秋日拔，隆冬熬饮罐茶汤^③。才别滥泥谷，又见苦水汪。白日喊叫水，夜梦好水乡^④。搏命运，费拔穷根；战天地，莫变贫相。左季高^⑤叹：苦瘠甲于天下；联合国惊：不宜人类衍长！

人道山中苦，更有苦心汉。西花厅^⑥泪念西海固，勤政殿^⑦心系六盘山。调衣衾、措粮款，辎重兼程解

① 宁夏分为南部山区和引黄灌区（后来分为南部山区、中部干旱带和引黄灌区），故称"半壁"。历史上，南部山区"苦甲天下"。
② 陇山，这里泛指六盘山。
③ 宁南山区人熬着喝的一种很苦的茶。
④ 滥泥河、苦水河、喊叫水、好水川都是宁夏以水命名的地名。
⑤ 左宗棠，字季高。
⑥ 周总理当年听取宁夏西海固地区受灾情况汇报后，紧急批示一批粮食、衣服、棉被送往西海固地区。
⑦ 指党中央、国务院。

寒饿；种草树、调结构，琵琶反弹再绘篇①。三西帑银②，连片扶贫逾三十冬夏；百亿雄资，苍龙行水移百万苦汉。中南海咬定贫穷域，西海固苦貌天地翻。感恩者呼：共产党亲，黄河水甜！

山贫存锐气，竹瘦见精神。"三西"合盘进，干群凝一心。"双百"③图温饱，"千村"④固生根。红旗展、铁臂摇，平三田、掘井窖，敢让山河易貌；水旱迁⑤、路三条，退耕牧、植林草，更筑家园常新。济贫先扶智，输血变生津。三战略⑥，百万扶贫居其要；两硬仗，里扶外帮广移民。整村推进，罡风尽卷贫苦地；"四到"⑦而扶，青锋斩断致穷根。村行水电路，户强养加种。技能塑造劳力，帮责主体明。山庄吊河套，劳力业川城⑧。少生快富名天下，黄河善谷花儿⑨

---

① 胡耀邦同志提出"种草种树、反弹琵琶"思想。
② 指中央专门设立的"三西扶贫资金"。
③ "双百"指 1994 年开始实施的《宁夏"双百"扶贫攻坚计划》。"双百"为 100 个贫困乡、100 万贫困人口。
④ 2001 年，宁夏开始实施"千村扶贫开发工程"。
⑤ "有水走水路，无水走旱路，水旱不通另找出路（移民搬迁）。"
⑥ 2016 年为"两战略"。宁夏十二次党代会后改为"三战略"，即三大战略，其中之一就是脱贫富民。
⑦ 整村推进、"四到"扶贫（基础设施到村、产业项目到户、培训转移到人、帮扶责任到单位）。
⑧ 指吊庄移民、劳务移民。
⑨ 花儿，系流传于中国西北部的民歌形式。

馨。搬得出、稳得住，筑巢屯田；管得好、能致富，自强业兴。草根票号^①开辟金扶大道，雨露^②阳光遍沐山漠^③贫门。

金瓯一番济贫号，善举八方时雨行。对口帮、成效著，精制导、定点清。居高著远见，先达带后进。闽宁模式名天下，山海情深结同心。干群易理念，产业跃级升。建档立卡，一个不掉队；精准脱贫，和韵小康琴。两不愁，九县区撕碎贫困帽；三保障，百万众再无苦寒生。"四查"清损弱，"四补"焕强新。^④

解困事皆为难事，扶贫人尽是苦人。栉风沐雨，力挥掘贫铲；托日挑月，志比老愚公。朝跋陡峭径，暮涉险沟滩；暑行阡陌地，寒访贫苦门。初看房粮马牛羊，复察劳力读书郎。观以眼、动以情，苦寒心头刻；谋于策、践于行，民生铁肩承。曾经知心事，深山念故亲。付苦心，足履车胎复磨透；无怨悔，银丝皱纹几番增。一带一路，东西合作大辟脱贫径；山川共济，各族和衷同奏和谐音。

天下百善莫先乎为孝，世间大德孰高乎济贫？

---

① 宁夏的互助资金等走在全国前列，俗称"草根银行"。
② "雨露计划"率先普及。
③ 山漠，分别指宁夏南部山区和中部干旱带。
④ 四查、四补，即查损补失、查漏补缺、查短补齐、查弱补强。

宁夏回族自治区六十华诞赋 [1]

一九五八，岁在戊戌，时维十月，序属金秋 [2]。祥云悠悠，红日照朔方大地；惠风熙熙，稻花香塞上江南。中央贺文其情甸甸，伯渠宣诵其声铿铿：宁夏回族自治区告诞矣！人山旗海，歌潮鼓雷。

六旬盘顾，喜要日月新。人口三番逾，经济三百倍。传统再造，新业崛兴。河山秀美，政通人和。红日可鉴，一甲子天翻地覆；大河作证，两戊戌今非昔比。

回眸而望，可记我旧貌？苦瘠甲天下，写真西海固；黄河富一套，徒名宁夏川。银川似县城，县城若村镇。曾几何时？一处公园一只猴，一个警察看两头。买货仅去老大楼，到此一游南门楼。偏隅、弱小、讯塞，天下人多有不知者。或问：大漠之域何以居，亦楼乎？戏答：楼宇矗戈壁，帐篷卧沙滩。或问：边关塞上何以行，亦车乎？或戏答：嘻嘻，四品以上骑驼，五品

① 为宁夏回族自治区成立六十周年而作。纪念大会"诗歌会"上，中央人民广播电台主播、著名朗诵家陆洋朗诵全文。
② 1958 年 10 月 25 日，我国最年轻的省级民族自治区——宁夏回族自治区成立。

六品驭马，七品以下唯羊！或问：宁夏之于银川乎？
笑而无以答……

中央挥手，八方倾心援。毛主席情寄清平乐[①]，
周总理泪牵疾苦人[②]。好人好马上三线[③]，万千知青
投朔方。天南地北，相逢一笑是战友；五湖四海，背
包落处即为家。深山峡谷，肩扛人挑；大漠荒野，
露宿风餐。京、津、浙，万千热血知青激情燃烧塞上
热土[④]；辽、苏、秦，数百爱心企业慷慨助援宁夏兄
弟[⑤]。永宁、新市区、石嘴山，村镇遍居外乡客；西轴、

---

① 1935 年，毛泽东长征经过六盘山写下《清平乐·六盘山》。
　 1961 年，毛泽东应邀为宁夏题写该词，"不到长城非好汉"
　 一直鼓舞着宁夏人民。
② 1972 年，周恩来总理听到西海固地区人民还在干旱和贫
　 穷中受煎熬，不禁潸然泪下。他在中直机关 7000 人大会
　 上说："西海固人民还在受苦，我这个当总理的有责任
　 啊！"他当即批示一批粮食、衣服、棉被送往西海固地区。
　 会后，指示有关部门加快实施引黄河水灌溉西海固地区
　 的计划。
③ 指从 20 世纪 60 年代中期开始的为三线建设而迁至宁夏的
　 大批工厂及其人员，使宁夏工业得到飞跃性发展。
④ 20 世纪 60 年代，大批知识青年下到农村，特别是由内陆、
　 沿海城市下到西部农村。当时有北京、天津、浙江（杭州、
　 舟山）知青来到暖泉、平吉堡、前进农场、永宁和固原
　 山区等，为宁夏建设做出突出贡献。
⑤ 三线建设中，来自全国各地的企业积极响应中央号召，辽
　 宁、江苏、陕西、北京、河南、上海、天津、河北、山东、
　 吉林、甘肃等数百家企业先后进入宁夏，无私地支援宁
　 夏建设。

三〇四[①]、西煤机，荒原崛起大工厂。简泉、暖泉漫南梁高歌前进，巴湖、莲湖过渠口盛会灵武。[②]大铁牛翻起千载沃壤，康拜因[③]收获无边金秋。舍得青丝染银发，献出青春又子孙。

善水阔路，基强百业兴。举锸云，掘渠雨。青铜枢纽让苏联蒙羞，凭自力更生；东西干渠令溉域倍增[④]，靠艰苦奋斗。洪魔肆山川无恙，金汤隔大河安澜[⑤]。治沙英雄[⑥]化黄沙碧海，三北翠带御寒风漠北[⑦]。金栅碧草列车鸣笛过，誉世界奇迹[⑧]；人逼沙退田原阡陌新，斯举世首屈[⑨]。国道、省道、乡村道，高低[⑩]互补，三纵九横逐实现；包兰、宝中、太中银，

① 三〇四，即青铜峡铝厂。
② 简泉、暖泉、南梁、前进、莲湖、巴浪湖、渠口、灵武都是当时建设的农场。这些农场的建成，使宁夏农业由传统农业向现代农业转型。
③ 灵武农场引进的大型联合收割机。
④ 建设青铜峡水利枢纽工程，变无坝引水为有坝引水，又开挖东干渠、西干渠。这些重大措施使得宁夏引黄灌溉面积成倍增加，由解放初的190万亩增加到现在的860万亩。
⑤ 各种重大水利、抗洪工程的实施保障了人民的生命财产安全。2018年，贺兰山发生超历史记载的特大洪水，但在固若金汤的工程保护下，没有一名群众伤亡，成为奇迹。
⑥ 先后涌现出白春兰、王有德等一批治沙英雄。
⑦ 指三北防护林工程。
⑧ 沙坡头草方格治沙，确保穿过腾格里沙漠的包兰铁路畅通无阻，成为世界奇迹。
⑨ 宁夏成为全国首个实现"人进沙退"的省区。
⑩ 指高速公路、低速公路。

驰走相谐，高铁城际在即通。钢经铁络，五市将真同城大梦；银鹰神翅，四海无非隔壁邻居^①。

天朗地厚，本固农桑茂。百谷溢香，五宝驰名。农耕地占补增益^②，人均粮举国前茅。贡米滩羊比洁玉，枸杞长枣竞日红。兰山皓月，百里阔廊紫玉缀；酒庄连星，灯火长龙不夜天。土豆成金豆，马铃薯脱贫西海固；戈壁化宝地，硒砂瓜滚过南洋洲。羊肉、红酒舌尖载誉，荞品、蔬果荣满香江^③。泾水养黎民，盘路梯田飞红杏；黄河滋丰谷，绿网水镜饶吨粮^④。

天地泱泱，民生步大道。宁夏大学、农学院、医学院，庠序与自治区同岁；育才学校、六盘校、宏志班，吊学^⑤为穷山娃助力。病有医，老有养，统筹保障真天府；栖宜居，干宜业，男女怡然新秦中^⑥。闽宁模式，开东西合作先河；银川会议^⑦，铭中华扶贫史册。吊庄移民，修复中南生存之基；扶业扶智，斩断百万代

---

① 开通了多个国际航班，宁夏与世界的联系更加密切了。
② 宁夏是全国首个实现耕地占补平衡的省区。
③ 指香港。
④ 引黄灌区的多数耕地应用套种模式实现"吨粮田"。
⑤ 在银川办高中学校或者在高中设立专门班级，专门招收山区的贫困孩子，保证他们享受优质的高中教育资源。
⑥ 秦朝时，由于宁夏发展农业、社会稳定，被时人称为可与"秦中"比肩的"新秦中"。
⑦ 2016年7月20日，中央在银川召开东西部扶贫协作座谈会。习近平总书记作重要讲话，为之后的东西协作和扶贫开发工作指明了方向。

际穷根①。五通八有，塞上新村。路开生计，水济困原。东泽革命老区，盐同红②不再喊叫水；南润古老瘠地，西海固③悉作好水川④。千古黄河高原上，众颂党亲河水甜⑤。

塞上江南，神奇满宁夏。水洞沟击石声声荡，鸽子山炊烟袅袅来。明清八景几番易，当代朔方最风光。清河绿岛，水韵湖城。沙坡头前，观长河圆日；凤城郊牧，赏塞北果城⑥。兰山晓月，沙湖芦舟。岩画坚

---

① 宁夏累计实现脱贫 100 多万人，通过产业、教育扶贫斩断贫困人口的代际传递。

② 盐同红，即盐池、同心、红寺堡。

③ 西海固，指当时属于固原的西吉县、海原县（今隶属中卫市）、固原县（今原州区）。

④ 喊叫水、好水川都是宁夏的地名，因极度缺水和群众急切盼水而得名。

⑤ 红寺堡扬水工程通水，当地老百姓唱出"共产党亲，黄河水甜"的心声。

⑥ 分别化自王维和韦蟾的诗句"大漠孤烟直，长河落日圆""贺兰山下果园成，塞北江南旧有名"。

石铭先民苦欢，夏陵①厚土湮党项曾威。灵州台②歌民族和睦，左公柳③许国泰民安。将台雄堡，会师④威誓激斗志；盐池烈园⑤，倚天利剑啸长歌。大坝吐瑞，黄龙哺祥。沙海沐日，草原逐云。贺兰山缺，借武穆⑥胆气名满天下；古陇高峰⑦，凭润之情怀励策中华⑧。

英才志士，文武竞风流。张贤亮开小说新界，影

---

① 指西夏王陵。

② 贞观二十年（公元646年），唐太宗平定薛延陀叛乱，积极安抚其他西北各部。唐太宗携朝臣到灵州，先后接受各部首领和使者的朝贺。九月十五日，参加会盟的各部代表多达数千人，党项、回纥、铁勒等40多个部族首领和藩王正式把自己部族的户籍交给李世民。大会上，唐太宗被拥为"天可汗"，立誓"愿得天至尊为奴等天可汗，子子孙孙常为天至尊奴，死无所恨"。唐太宗对各首领和藩王一一进行了册封，并且即兴作诗"雪耻酬百王，除训报千古"，勒石明志。唐朝把这种管理少数民族的制度称之羁縻州府制度。灵州会盟对稳定祖国边疆、促进民族融合产生了深远影响。

③ 左公柳，左宗棠收复新疆时带领湘军一路所植的道柳。宁夏隆德县境内保存大批左公柳。

④ 长征红军一、二、四方面军在将台堡胜利会师，是长征胜利的标志。

⑤ 指盐池革命烈士陵园。

⑥ 指岳飞。

⑦ 六盘山古称陇山。

⑧ 毛泽东《清平乐·六盘山》中的"不到长城非好汉"激励一代又一代中华儿女奋发进取。

视城点荒石成金①。吴家麟②新华立宪尊泰斗，潘振声路边捡到一分钱③。周有光妙解寡妇遗孀异④，林汉达史话上下五千年⑤。何季麟⑥技领全球钼业，裘志新⑦魂铸北国麦种。胡公石⑧标准草社秉草矩，曾杏绯⑨丹

① 1993年，作家张贤亮把废旧的堡子建成镇北堡西部影城，在此地拍摄的电影走向世界。
② 吴家麟曾任宁夏大学校长，是新中国著名的法学专家，被誉为新中国的"宪法泰斗"。
③ 儿歌作家潘振声创作著名儿歌《我在马路边捡到一分钱》。
④ 周有光，著名语言学家，曾在石嘴山五七干校劳动改造。和他一同接受改造的历史学家林汉达问："寡妇和遗孀有什么区别？"他风趣地回答："大人物的寡妇叫遗孀，小人物的遗孀叫寡妇。"
⑤ 林汉达，著名教育家、文学家、历史学家，和周有光一同在石嘴山五七干校改造，著有《上下五千年》。
⑥ 何季麟，东方有色金属集团公司原董事长，宁夏第一个院士，多年来带领团队进行技术攻关，把公司做到世界一流。
⑦ 裘志新，浙江杭州知青，曾任永宁县小麦育种繁殖所所长。他培育的春小麦优良品种"永良4号"（后更名为"宁春4号"）在西北、华北地区广泛种植，以其突出的丰产性、广泛的适应性、优良的品质创下奇迹。该品种累计推广面积近一亿亩，增产小麦50亿公斤。
⑧ 胡公石，于右任入室弟子，跟随于右任创办标准草书社。新中国成立后，重建标准草书社。曾任宁夏文史研究馆馆长、宁夏书画院院长、中国标准化草书学社社长。著有《标准草书千字文》《标准草书字汇》等。
⑨ 曾杏绯，著名国画家，最为擅长工笔花鸟牡丹。

青国色梦溢香。金莲树复结"鲁奖"果①，老秦腔盛开二度梅②。心曲流欢，"五朵梅"③花儿芳菲；朔色桃红，"大篷车"④民心联通。

知恩图报，劲帆更远航。宁夏引黄古灌区列世界遗产⑤，塞北江南旧有名；内陆开放试验区⑥乃举国唯一，天下黄河富宁夏。空间规划⑦，天要地素统其用；全域旅游⑧，村前巷尾皆风光。间接液化，碎列强垄

---

① "三棵树"之一的郭文斌曾获鲁迅文学奖，后马金莲又获此奖。

② 宁夏有一批秦腔、京剧艺术家获梅花奖，柳萍为二度梅花奖得主。

③ 1938年，王洛宾、萧军、罗珊等一路西行，因大雨在六盘山下整整待了三天。正闷得慌，车马店传来一阵歌声。王洛宾听得入迷，情不自禁地循声来到唱歌人的跟前，并请她一连唱了很多"花儿"。有人告诉他，女老板年轻时长得漂亮，嗓子也甜，"花儿"唱遍六盘山，人称"五朵梅"。王洛宾住了很长一段时间，整理了收集到的"花儿"，并创作了一批脍炙人口的宁夏民歌。

④ 指深受群众欢迎的文化下乡"大篷车"。

⑤ 2017年10月，宁夏引黄古灌区整体申报"世界灌溉工程遗产"成功，实现了宁夏申报世界遗产"零"的突破。

⑥ 2012年9月12日，国务院同意在宁夏设立内陆开放型经济试验区。按照国务院规划批复，试验区范围为宁夏全境，这也是全国第一个全省区试验区。

⑦ 宁夏是最早试行"空间规划、多规合一"的省区之一。

⑧ 宁夏是最早的全域旅游示范省区之一。

断，力助国能大安全①；空冷超临②，领国际之先，星映西空夜夜朗。大数据，直挂云帆济沧海③；智慧网，满城尽带黄金甲④。重创新，富民众，修生态，新发展⑤。广场、八道⑥，正源丽景，五湖四海创客凭尔驰骋；贺兰、六盘，天高云淡，八方九州志士任君翱翔。

习近平题贺："建设美丽新宁夏，共圆伟大中国梦"。

---

① 神华宁煤集团在宁东建设的年产 400 万吨煤炭间接液化项目是目前世界上最大的煤炭间接液化项目。该项目的建成投产，确立了中国在此领域的世界领先地位，对于煤炭富集的中国粉碎西方对华石油能源封锁、保障国家能源安全具有重要意义。2016 年，习近平同志视察该项目后指出："社会主义是干出来的！"

② 宁夏拥有世界最大最先进的火电空冷机组，效率普遍达到超超临界。

③ 中卫市建成中国西部云基地中心。

④ 银川市是我国最早批准建设的智慧城市之一。

⑤ 宁夏提出新时代发展三大战略：创新驱动、脱贫富民、生态立区。

⑥ 八道，即八车道，泛指宽街道、大马路。

枸杞赋

　　枸杞者，本草圣果也。红红火火感染五洲大地，圆圆润润滋佑四海苍生。历千秋不老，传万载兴盛。

　　其源悠悠，文以化成。上帝之遗珍，王侯有偏爱；膳药之翘楚，布衣多钟情。王母饰杞坠[1]，杞人枉忧天[2]。杞字耀甲骨，中华同文明[3]。考杞种之发祥，乃史前早有、华夏原生，神农始植、殷商圃红[4]。诗经颂，遗仙人之道；古文载[5]，扬君子之风。

　　棘枸刺、茎杞条，故曰枸杞。凡上品者，必天地以采气，红日之聚精。贺兰罗山扼群漠[6]，黄河清水[7]润地灵。宁夏枸杞甲天下，贵在道地；道地枸杞贵中宁，

_____

① 相传枸杞是西王母的耳坠。
② "杞人忧天"典故。
③ 甲骨文里就有"杞"字。
④ 相传神农时就种植了枸杞，殷商时期就有枸杞园。
⑤ 《诗经》："陟彼北山，言采其杞。"古文记载："武丁卜辞，令登齌杞。"
⑥ 贺兰山、罗山挡住了腾格里、乌兰布和、毛乌素三大沙漠，涵养了水源，守护着"塞上江南"。
⑦ 黄河、清水河交汇处的枸杞品质最好。

独此珍品。宁杞初入《千金方》①，药效早载《山海经》。百草王者，众杞入典之唯一②；风物芳华，地标保护之孤种。至若信风花雨，壮夫挥汗地；而或朗日碧空，老幼忙摘星。覆地蓬勃村村碧，映天杞毯户户红。念皇天厚眷兮，斯地有幸；占五宝之魁③兮，嘉禾盛名。

　　"根茎与花实，收拾无弃物。"④春叶天精草，夏花长生卉，秋果枸杞子，冬根地骨皮⑤。却老仙草，健药馐珍。目益明，肝益护，寒益耐，热益消，骨益坚，轻身益少，主五内之邪气⑥；气可充，血可补，阳可生，阴可长，火可降，风湿可去，具十全之妙用⑦。其功神妙，食药双雄。宜鲜啖、宜干品，能浸酒、能汤烹。谚云"是药三分毒"，然则枸杞无副功。配伍无忌，百搭和中！

---

① 孙思邈《千金方》："凡枸杞生西南郡谷中及甘州者，其子味过于蒲桃。今兰州西去，邺城、灵州、九原并多，根茎尤大。"

②《本草纲目》："全国入药杞子，皆宁产也。"

③ 枸杞居"宁夏五宝"之首。五宝指红宝枸杞、黄宝甘草、蓝宝贺兰石、白宝滩羊二毛皮、黑宝发菜。

④ 出自苏轼《枸杞》："根茎与花实，收拾无弃物。仙人倘许我，借杖扶衰疾。"

⑤《本草纲目》："春采枸杞叶，名天精草；夏采花，名长生草；秋采子，名枸杞子；冬采根，名地骨皮。"

⑥《本草纲目》："枸杞，主五内邪气，热中消渴，周痹风湿。久服，坚筋骨，轻身不老，耐寒暑。"

⑦《本草汇言》："枸杞能使气可充，血可补，阳可生，阴可长，火可降，风湿可去，有十全之妙用焉。"

夫此逆生者，花开无序，拔萃于万物；果盛有季，绝类乎其品。浴烈日、忍旱渴，化叶为针；耐贫瘠、好拓荒，碱壤先行。无欺黄蒿之孱弱，无附翠柳之柔情。不比胡杨之高韧，不慕沙枣之弥馨。王谢燕入寻常户，休攀虫草休妒参。杞之性，堪冰心。寒风作歌，自强不息无求索；荒砂为伍，厚德载物不居功。光华馈日月，千难磨一宠。

送下里巴人之康健，和高山流水之雅韵。总以嘉礼馈赠，更达往来人情。驭汗血宝马出塞外，乘雪域雄鹰越昆仑。中华瑰宝，伴苏子卿牧节北海；东方圣果，助郑三宝宣和①西行。礼乐华医金玉帛，驰千年古道；青瓷绿茶红枸杞，顺万里海风。贯看浩浩龙幡日边过，更待悠悠驼铃月畔听。香料②佐烹羊，天下珍奇，八宝盖碗凝佳味③；编钟引羌笛，东杞西葡④，贺兰山下和高音。杞魂怀故土，茨端溢乡情。

抵慢病、缓绝症，奇功新见；增活力、强免疫，其神绵荣。守根本，枝繁果硕；辟新途，品正神通。千金一斗家家富，百帆争流岁岁丰。人勤茨传久，德

---

① 指宣示和平主张。

② 香料，来自西域，这里泛指来自海外的物品。

③ 宁夏"八宝"盖碗茶名扬天下，其中红色的枸杞、红枣来自当地，其余的茶叶、桂圆、葡萄干、芝麻、玫瑰酱等都是外来品，实际是来自天南海北的八种好东西汇集在一起形成的综合饮品，既是物质的汇集，更是文化的融合。

④ 西葡，即来自西方的酿酒葡萄，泛指来自西方的文明成果。

厚杞缘深。杞任在邦，乘一带一路筑梦；杞命在康，助华医华药复兴。甲杞宁夏，健康世界。万顷丹坠照塞上，无价红宝无限程。

　　苟享此物，其健如松；苟伴此物，其岁如春；苟钟此物，其运如金；苟珍此物，其势如虹。嗟乎，自古长生求无药，唯我宁杞最延龄！

银川小赋

（百言三字经）

宁首府，旧有名[①]。

黄河哺[②]，贺兰屏[③]。

神奇土，仪金凤[④]。

蒙恬垦，干渠通[⑤]。

---

① 出自韦蟾诗句"贺兰山下果园成，塞北江南旧有名"。

② 没有黄河就没有"塞北江南"的宁夏银川。这里因黄河而生，因黄河而兴，因黄河而名，因黄河而富，还要因黄河而强。

③ 贺兰山是银川平原的天然屏障。2020年6月，习近平视察宁夏时指出，贺兰山是我国重要自然地理分界线和西北重要生态安全屏障，维系着西北至黄淮地区气候分布和生态格局，守护着西北、华北生态安全。银川下辖贺兰县。

④ 化自"塞上江南，神奇宁夏""凤凰城""有凤来仪"。银川有金凤区。

⑤ 公元前215—213年，秦大将蒙恬率30万大军北击匈奴，"略取河南地"，屯兵垦地，引黄灌溉，成为有史记载的开发宁夏第一人。秦朝以后，历代开发的古渠道有数十条，保存到今天的古渠有十几条。2017年，宁夏引黄古灌区成功申报"世界灌溉工程遗产"，实现了宁夏申报世界遗产"零"的突破。

天府地，新秦中^①。

典农郭^②，赫果城^③。

灵洲会，铸永宁^④。

肃宗立，绵唐盛^⑤。

武穆胆^⑥，朱栴情^⑦。

田灌畅，思守敬^⑧。

---

① 银川为"十大新天府"。秦统一至西汉时期，"河南地"农业尤为繁荣，可与关中地区媲美，当时被称为"新秦中"，这也是对"塞北江南"的另一种描述。

② 典农城为西汉置，在今永宁县与青铜峡市之间。《水经·河水注》："河水又径典农城东，世谓之胡城，又北径上河城东，世谓之汉城。"

③ 赫连勃勃的薄骨律城（在今宁夏灵武市境内），名为"赫连果城"。

④ 唐朝战胜突厥后，西北一批少数民族向唐朝称臣，称唐太宗为"天可汗"，并在灵州（今宁夏灵武市）与唐太宗立下盟誓，史称"灵州会盟"，现在有史学家称为"灵州大会"。银川下辖永宁县。

⑤ 在朔方节度使郭子仪的拥护下，唐肃宗在灵武登基，随后平定安史之乱。

⑥ 岳飞《满江红》"踏破贺兰山缺"抒发了词人收复河山的壮怀。

⑦ 朱元璋之子朱栴被封为庆王，居宁夏。他非常喜欢宁夏，称宁夏是"世外桃源"，生活了40多年直至终老。庆王组织编写了第一部宁夏地方志《宣德宁夏志》，创作了大量诗歌。

⑧ 元朝科学家郭守敬曾在宁夏疏浚唐徕渠、汉延渠等古渠，又开挖蜘蛛渠（后更名为美利渠），为宁夏水利事业做出巨大贡献。

经西夏，恒兴庆①。

康熙抵，噶丹平②。

宜居业③，誉八景④。

朔方雨，江南风⑤。

湖连翠，鱼米丰⑥。

金银川，⑦能宁东⑧。

四海纳，诸族融⑨。

山岿然，河奔腾。⑩

---

① 南宋时，西夏在西北建立地方封建割据政权。银川现有
西夏区。银川辖有兴庆区，意为兴旺发达、长兴长庆。
② 康熙帝在宁夏指挥平定准噶尔叛乱。噶尔丹自杀身亡。
③ 银川为宜居住、宜创业"两宜"城市。
④ 明朱栴提出"八景"，清人提出新"八景"。"八景"
主要集中在银川地区。
⑤ 宁夏有"塞北江南""塞上江南"之称，银川是核心区。
银川古属于朔方。《太平御览》："（隋郎茂）《图经》：
周宣政二年破陈将吴明彻，迁其人于灵州。""其江左之人，
崇礼好学，习俗相化，因谓之'塞北江南'。"这一举
措极大地推动了塞北风俗的改变。
⑥ 银川是"塞上湖城，鱼米之乡"，有"七十二连湖"。
⑦ 民间赞美银川是"金川银川米粮川"。
⑧ 指宁东能源化工基地。
⑨ 银川为移民城市，又是民族团结示范城市。
⑩ 化自银川精神"贺兰岿然，长河不息"。

志怀远^①，再长征^②。

---

① 怀远，银川古地名。
② 2016 年，习近平总书记视察宁夏时指出："伟大的长征精神是中国共产党人革命风范的生动反映，我们要不断结合新的实际传承好、弘扬好。推进中国特色社会主义事业的新长征要持续接力、长期进行，我们每代人都要走好自己的长征路。"宁夏作为红军长征胜利会师地之一，大力弘扬伟大的长征精神，负重自强、攻坚克难、争创一流，走好新长征路。

宁夏中南部饮水工程赋

　　宁夏中南，丘壑浩浩；陇山厚土，黄原莽莽。苍天有泪，难解祖辈旱渴；魃^①魔无情，累我千年苦荒。

　　久有雄浑愿，引泾济清^②；怎奈廪囊虚，蓝图未成。改革开放，百业大兴。全国人大重点提案，国家部委联批联审。四上三下，谨研科证。史铭壬辰岁，雷开古雁岭^③。中南海夜夜牵念^④，斥帑四十亿；域内外殷殷关切，同应百姓声。高层亲督办，首长三番临^⑤。水利发改举力运筹，水投集团请缨承命。令祭出，七十路建者集结泾岸；金瓯响，八千匠铁军凝心成城。干工农、献智勇，不到长城非好汉；区市县、勠力功，

---

① 魃，传说中指造成旱灾的鬼怪。

② 20世纪70年代，宁夏水利专家吴尚贤提出引泾河水济清水河的设想。

③ 壬辰年（2012年）工程正式开工建设。古雁岭是固原市原州区的一座山。

④ 周总理当年听取宁夏西海固地区受灾情况的汇报后，紧急批示一批粮食、衣服、棉被送往西海固地区。这里指中央对宁夏中南部地区的长期关怀。

⑤ 全国人大、全国政协领导多次亲临现场。

共擎初心赴使命。

大禹作魂，酷夏严冬工不辍，兼程风日雨夜；鲁班为师，艰关险阻全无敌，更臻天工匠心。观夫工场盛状，六盘山旌旗映霞蔚，清水畔^①战鼓催雷霆。钢铁洪流，老龙^②翱天河；钻钎击电，月亮^③参群星。南华山下夫妻阵，将台堡^④前父子兵。盾机^⑤伴月吼，天车巨铲飞浆注；号子逐日歌，炊火奉茶呈汗巾。风跋南套梁^⑥，雨涉烂泥^⑦坑。暮闻单家集夜话^⑧，朝征黄卯山^⑨枯岭。探质夯基，地震裂区巧穿越；凿隧架槽，软岩侵壤寻常通。汗如瀑、苦作乐，小家私情难顾盼；肱作枕、须比发，衣带渐宽终无恨。四岁鏖战，主体工早竣；朝夕只争，举域经脉通。合龙之日也，千乘^⑩道塞，万人巷空。感党恩，男女欢泪成雨；夙梦成，老幼捧浆醉饮。

---

① 指清水河。
② 指老龙潭。
③ 指月亮山。
④ 1936 年 10 月 22 日，红一、二、四方面军在将台堡胜利会师。毛主席登上六盘山，写下《清平乐·六盘山》。
⑤ 指盾构机。
⑥ 指固原的南套子梁。
⑦ 西吉县境内有烂泥河。
⑧ 红军胜利会师，毛主席在单家集与当地群众促膝夜谈，史称"单家集夜话"。
⑨ 指固原市原州区黄卯山。
⑩ 乘（shèng），指车辆。

噫嘘，登高而眺，巍巍乎米缸[1]雁唳；把酒临风，恢恢乎仰止德政。始泾源、上集天水，扬黄河、下截地泾。五库联调，两阶升程。中庄映湖月，秦沟[2]卧蛟龙。盘夫工程，凡隧道十、筑体皕[3]、泵站三十又五，计水库四、水厂七、蓄池九十系零。干、支、毛，千里管脉通达千百村落；河、泾、雨，数亿甘露汇滋百万渴心。园区壮城镇，草木美乡村。日汩不息，普泽原州西吉谷丰牛硕；夜润无声，尽染彭阳海原杏绯桃红。绿字铺朝那[4]底色，固原安定[5]；清泉泻乌氏[6]新辉，萧关[7]长宁。老龙潭飞瀑溅玉，古湫渊[8]新波流金。

嗟乎，聚力精准脱贫，诀别苦瘠甲天下；倾心乡村振兴，阔步时代新长征。美哉宁南，壮哉祥龙！

勒石赋之，饮水铭恩。

---

[1] 指六盘山主峰米缸山。

[2] 指中庄水库和秦家沟水库。

[3] 皕（bì），双百。

[4] 秦灭义渠戎设北地郡，置朝那县（在今宁夏彭阳县境内）。

[5] 西汉元鼎三年，析北地郡地置安定郡，郡治高平（在今宁夏固原市境内）。

[6] 战国时秦北地郡设乌氏县（在今宁夏泾源县境内）。

[7] 萧关，历史上著名的关隘。秦汉唐宋均有萧关，除战国萧关外，其余均在今固原市境内。

[8] 湫渊，秦汉时的湖名，即西海子，在今固原市原州区西南部。

宁琼沙海赋 [1]

旷宇之金莫瀚于北漠，海天之蔚莫邃于南冥。水安燥躁，沙灭野狂。

琼州赤霞，遥遥南郡翔众鸟；大漠孤烟，昏昏朔气聚群羊。沙枣林外驼铃荡，海岸珠崖灯塔明。长风不请年年赴，鲲鹏掠浪高天游。水洞旧石常忆起文明之路，南海观音怎超度强盗恶行？沧海水不洗蛮夷罪迹，西夏陵怎表党项威风？千载商贾，足印早随浪沙去；几度兴衰，瓷绸化作史歌长。积微成浩渺，苍茫铸辉煌。

茫茫腾漠，难不倒西去东来千邦万驼商贾客；浩浩南海，隔不断一带一路五湖四海逐梦人。敢犯我中华者，虽远必诛；有朋自远方来，不亦乐乎。飞将 [2] 扬鞭，

---

① 宁夏、海南两省区为全国两个全域旅游示范区，本赋为"沙与海的对话"而作。
② 指飞将军李广。

王师铁马驱胡骑；唐宗书帛[1]，盛世龙幡遍罗伏。岳武穆驾长车踏破贺兰山缺，郑三保[2]扬劲帆播撒和平西洋。海角烽火映照汉武征路，边关冷月泪祭苏武[3]忠魂。沙暴行处无娇木，惊涛骇去留坚船。无边南冥考验舵手意志，万里长征成就红军铁骨[4]。万泉黄河水相济，五指六盘神脉通。"博鳌"议合作，"中阿"话融合。

河出高原猛，风栖椰岛葱。红霞共舞河海浪，沙野绵绵天尽头。长河皮筏，沙坡鸣钟时时越；天涯小舟，粤道渔家夜夜香。苏学士不辞长作岭南人[5]，朱

---

① 唐朝战胜突厥后，西北一批少数民族部族向唐朝称臣，称唐太宗为"天可汗"，并在灵州（今宁夏灵武市）与唐太宗立下盟誓，史称"灵州会盟"，现在有史学家称为"灵州大会"。

② 郑三保，即郑和。这里指郑和下西洋的壮举。

③ 苏武，武帝时为郎。天汉元年（前100年）奉命以中郎将持节出使匈奴，被扣留。匈奴多次威胁利诱，欲使其投降。后将他迁到北海（今贝加尔湖）牧羊。苏武历尽艰辛，留居匈奴19年持节不屈。至始元六年（前81年）获释回汉。苏武去世后，汉宣帝将其列为麒麟阁十一功臣之一，彰显其节操。苏武出使途经河南地（今宁夏平原）。

④ 红军长征跨越最后一座大山六盘山，胜利会师宁夏将台堡。

⑤ 苏东坡流放儋州，作《惠州一绝》："罗浮山下四时春，卢橘杨梅次第新。日啖荔枝三百颗，不辞长作岭南人。"

庆王激情诗颂世外源①。黄道婆②雪棉经纬暖天下，郭守敬③固旧谋新溉塞北。娘子军翩翩起舞，花儿手声声漫歌④。沙岸长河相安处，葱岛旷野和谐图。兰山赏月，心仪凤凰⑤来；海口听涛，情至鹿回头⑥。石孵葡萄蜜，日美枸杞红；风和椰子缀，雨润荔枝沉。

浪漫之神，情冲大海；光明使者，心沐阳光。共筑全域游，携手奔小康。岭南归来不看海，塞北游罢谁为沙？

---

① 朱栴封庆王，在宁夏种树养花、编志写诗，称宁夏为"世外桃源"，留下历史上第一部宁夏地方志《宣德宁夏志》，写"宁夏八景"。

② 黄道婆，因不堪虐待流落崖州，定居约40年，向黎族妇女学习棉纺织技艺并有改进，总结出"错纱、配色、综线、挈花"织造技术。元朝元贞年间，返回故乡，教乡人改进纺织工具，制造机具，织出各种花纹的棉织品，对促进长江流域棉纺织业和棉花种植的迅速发展起了重要作用。

③ 元代科学家郭守敬到宁夏，坚持"固旧谋新，更立闸堰"，创制控制水流的木闸门，疏浚渠道，让宁夏又恢复了"塞北江南"的美丽。

④ 演唱宁夏"花儿"称为"漫"。

⑤ 银川又称凤凰城。

⑥ 鹿回头，三亚的一个著名景点。

陕西赋

三秦陕西，黄炎故里。华夏民族之摇篮，东方文明之滥觞①。依秦子②之雄障，据崤函之险关。襟汉渭以带延洛③，凭秦川而衔南北④。苍苍乎，厚土广袤；浩浩乎，大河奔涌。

悠哉秦史。揖别猿祖，远古行来。蓝田猿人，挺直脊梁；大荔智人，斗兽降魔；半坡先民，绘陶煅鬲⑤。伏羲八卦⑥，女娲补天。轩辕铸鼎，列大地九州⑦；神农⑧稼穑，教先民农桑。燃火⑨把、照中国⑩，

---

① 滥觞，起源。

② 指秦岭、子午岭。

③ 指汉江、渭河、延河、洛河。

④ 指陕南、陕北。

⑤ 鬲（lì），古代三足陶制炊具。

⑥ 伏羲发明八卦，称为先天八卦。

⑦ 相传轩辕黄帝铸造九个大钟，将中国分为九个州，即"九州"。

⑧ 指农神氏。

⑨ 燧人氏总结保留火种的方法。

⑩ 指中原地带。

燎原赤县；战蚩尤、开华夏^①，万代千秋。后羿射日、大禹治水，拯苍生于水火；仓颉造字、文王创礼^②，化百姓以文明。蔡伦造纸，雅言传庶民^③；杜康秫^④酒，善恶寓其中^⑤。商鞅壮心，面车裂、立木是信^⑥，秦崛起雄霸列国；嬴政威严，挥战车、扫合六雄，举封建郡县一统。风起灞上兮，暗度陈仓^⑦定三秦；楚汉相争兮，枭雄饮剑别美姬^⑧。急流勇退^⑨，萧规曹随^⑩。倡节俭、养生息，文景重以德化民^⑪；尊儒术、

① 指华夏族。

② 文王创周礼，延续800多年。孔子倡导克己复礼，即周礼。

③ 蔡伦改进造纸术，书籍进入寻常百姓家，文明得以更好地传承、普及。

④ 指黏高粱。

⑤《说文解字》："酒，就也。所以人性之善恶。杜康造秫酒。"

⑥ 商鞅变法时，立一根木头于城南门，重赏将立木搬到北门的人，以获得民众的信任，从而推动变法实施。

⑦ 刘邦用韩信暗度陈仓之计，取得并稳定三秦。"明修栈道，暗度陈仓"成语源于此。

⑧ 指西楚霸王别虞姬。

⑨ 张良辅佐刘邦得天下后急流勇退。

⑩ 萧何和曹参在西汉初期先后任丞相。萧何创立了一套规章制度。他死后曹参继任，照章行事。扬雄《解嘲》："萧规曹随，留侯画策，陈平出奇，功若泰山，响若坻。"后用以比喻依照成规办事。

⑪ 指汉文帝、汉景帝文景之治。

答匈奴，武帝扬中华汉风①。创新制、并南北，隋文推农耕巅峰②；任贤能、开谏路，唐宗铸贞观盛鼎③。秦晋好④，百年范；公主嫁⑤，汉藏一；使者去⑥，万国朝。高堂玉磬，金屋藏娇。攘攘东西市⑦，隆隆买卖行，各路茶桑公平易；漫漫丝绸路，悠悠驼铃影，欧亚商贾络不绝。长安皇都，东方文化之圣地；汉唐帝国，世界经济之脊梁。浪漫诗仙⑧蔑权贵，爱神天

① 汉武帝刘彻设中朝，在地方设刺史，创察举制选拔人才，采纳主父偃的建议，颁行推恩令，解决王国势力，并将盐铁和铸币权收归中央。文化上采用董仲舒的建议，"罢黜百家，独尊儒术"，结束先秦以来"师异道，人异论，百家殊方"的局面。攘夷拓土、国威远扬，奠定了汉地疆域，开丝绸之路，兴太学，首创年号，启用太初历，全面开创了汉风时代。

② 隋文帝杨坚在位期间，军事上统一中国，被尊为"圣人可汗"；政治上开创选官制度，发展文化经济。开皇年间，隋朝疆域辽阔，人口达到700余万户，是中国农耕文明的辉煌时期。

③ 唐太宗李世民在位期间，积极听取群臣意见，文治天下，虚心纳谏，厉行节约，劝课农桑，开创了中国历史上著名的贞观之治。

④ 春秋时期，秦、晋两国世代联姻。后以"秦晋之好"代指两姓联姻，亦作"秦晋之匹""秦晋之偶""秦晋之盟""秦欢晋爱""秦晋之缘"。

⑤ 唐朝文成公主、金城公主先后嫁给松赞干布、尺带朱丹。

⑥ 指玄奘取经、鉴真东渡、张骞班超出使西域等具有开创性、影响历史的重大活动。

⑦ 唐朝长安经济繁荣，有东市、西市。"东西"一词来源于此。

⑧ 指李白。

子长恨歌①。范仲淹宠辱怀天下②，宋五子③释经传国学。出阳关，左公扶棺收西域④；踞古城，张杨兵谏同抗倭⑤。万里长征归陕北，七大韬略绘新图。问谁敢横刀立马？⑥小米步枪⑦；十三载浴火凤凰，延安新风⑧。新国图就，百废俱兴；改革开放，人和政通。

---

① 指白居易《长恨歌》。

② 范仲淹，陕西彬州（今陕西彬县）人，驻守延安，战功赫赫、名震八方。好水川（在今宁夏隆德县境内）一战败北，庆历新政改革失败被贬。留下千古名篇《岳阳楼记》。

③ 指北宋邵雍、周敦颐、张载、程颢、程颐五个儒学、理学、教育家。张载是陕西人，他们主要活动在陕西眉县一带。张载号"横渠"，留下千古传颂的"横渠四句"。

④ 左宗棠曾任陕甘总督，开展洋务运动、平定叛乱、收复新疆。左宗棠抬着给自己准备的棺材一路西进，沿途栽下许多柳树，后人称之为左公柳。

⑤ 张学良杨虎城为抗日大局，发动了震惊中外的"西安事变"。

⑥ 延安保卫战胜利后，毛主席作《给彭德怀同志》："山高路远坑深，大军纵横驰奔。谁敢横刀立马？唯我彭大将军。"

⑦ 1936年后，在陕甘宁边区，共产党领导八路军、新四军、游击队以及广大抗日民众进行抗击侵华日军的大规模军事活动。由于没有补给，只能吃的自己种，穿的自己做。毛主席提出"自己动手，丰衣足食"的伟大号召，解决了吃饭以及兵器补给的问题。"小米加步枪"成为共产党人不畏艰难险阻精神的体现。

⑧ 从长征胜利到离开延安，中共中央在延安13年，形成了伟大的延安精神。

厚哉秦文。集仰韶文化①，聚华夏龙脉②。人文初祖③，三坟五典④；周创历法⑤，铭文青铜；千古奇著，周易遁甲⑥。汉赋⑦唐诗，引文华盛世；韩柳古文，领唐宋八豪。⑧辞赋歌雅，乐府⑨话俗。霓裳、六幺、汉宫秋月，曲子、变文、踏歌古风⑩。秦砖雕莲葵云案，

---

① 仰韶文化最早发现于河南，但陕西最集中、最多，半坡遗址就是其中的一个缩影。

② 指秦岭。

③ 指黄帝。

④ 伏羲、神农、黄帝之书谓之《三坟》；少昊、颛顼、高辛、唐（尧）、虞（舜）之书谓之《五典》。这里泛指上古时期的书籍。

⑤ 周朝出现成文历法。相传夏朝就有历法，我们今天使用的阴阳合历传统上也称为"夏历"。

⑥ 《周易》《奇门遁甲》是中国最早的奇书。《周易》被尊为群经之首。

⑦ 汉赋，汉朝最主要的文学形式。有马相如、扬雄、班固、张衡四大汉赋家。

⑧ 韩愈、柳宗元倡导"古文运动"，受此二人影响，宋代又有六家，合成"唐宋八大家"。

⑨ 汉乐府，汉代民间歌谣，是我国古代重要的诗歌体裁。唐朝又兴起新乐府，倡导者就是白居易。

⑩ 汉、唐歌舞的名称。

汉瓦饰四象纹图^①。门神奕奕，敬德秦琼^②。《祭侄稿》^③扬平叛之正气，《圣教序》^④表取经之恢宏。唐三彩、耀州瓷、蓝田玉，尽炫珠光宝气；古长城^⑤、阿房宫、兵马俑，众赞世界奇观。璇玑图^⑥藏苏蕙之睿智，无字碑诉女皇之过功^⑦。安塞腰鼓撼中外，陕北社火闹

① 秦砖汉瓦上的图案相对集中，饰文、纹样的使用有一定的规矩，不同的砖瓦代表了不同的身份。"四象"指南朱雀、北玄武、东青龙、西白虎。

② 元代时，唐朝的秦叔宝、尉迟恭被封为门神，一直延续至今。

③ 《祭侄文稿》是唐代书法家颜真卿追祭侄颜季明的草稿。行书纸本，23 行，234 字。此文稿追叙了常山太守颜杲卿父子一门在安禄山叛乱时挺身而出、坚决抵抗、取义成仁之事。通篇情如潮涌，书法气势豪放，枯笔苍劲流畅，被誉为"天下第二行书"。原件现藏于台北故宫博物院。

④ 雁塔圣教序碑，前石存于陕西西安碑林博物馆，后石存于西安慈恩寺大雁塔下。前石为序，全称《大唐三藏圣教序》，唐太宗李世民撰文，褚遂良书。后石为记，全称《大唐皇帝述三藏圣教记》，唐高宗李治撰文，褚遂良书。二石皆为楷书，万文韶刻。《雁塔圣教序》是最能代表褚遂良楷书风格的作品，字体清丽刚劲，笔法娴熟老道。

⑤ 榆林有明长城、秦长城遗址，韩城有韩长城、梁长城、魏长城遗址，安康有白河楚长城遗址。

⑥ 《璇玑图》，相传是前秦时期才女苏蕙所作的回文诗绣品。苏蕙将《璇玑图》织于锦缎之上给其夫秦州刺史窦滔。《璇玑图》总计 841 字，纵横各 29 字，纵、横、斜、交互、正、反读，或退一字、迭一字读均可成诗，诗有三、四、五、六、七言等，共有 1000 多种方法成诗，甚是绝妙，广为流传，是文字游戏的登峰造极之作。她为寻回真爱所作的故事也流传至今。

⑦ 武则天墓前有一块无字碑。

八方。剪纸形意，泥塑质朴，农画明烈，皮影古拙。中医之鼻祖①，戏曲之化石②。威风锣鼓兮，桥山祭祖，炎黄儿女祝汉青春潮万里；连天香火兮，法门佛事，高僧信徒祈华夏国泰民安。楚汉对弈竞谋略智慧，华山论剑扬武道精神。大帝壮歌，君王情爱，英烈传奇，民间趣闻。五典坡、火焰驹、三滴血，往事越千年；白毛女、李香香、梁秋燕，新戏盛流传。

辽哉秦域。大地基点③，欧亚桥堡。雨润秦川千里秀，云妆西岳万仞险。秦岭寒暑两界④，泾渭清浊分明。秦直道⑤开疆统域，圣人条⑥子午昏晓。楼观台，老子道经，呼无为而治⑦；伐鱼谷⑧，太公垂钓，唯愿者上钩。钩心斗角⑨，凤舞夔翔⑩。穷建筑之技艺，拥独享之威严。石刻碑林，览书艺之精髓；陕西博馆，囊稀世之珍宝。雁塔见证中华鼎盛，钟楼传承悠远文

① 指药王孙思邈，许多中医药理论来自关中地区。
② 陕西老腔是最古老的戏曲之一，被誉为戏曲活化石。
③ 指我国大地原点，即"大地基准点"，位于陕西泾阳县，是国家水平控制网推算大地坐标的起算点。
④ 秦岭是我国南北气候的分界线。
⑤ 秦直道，即秦朝沿子午岭开辟的"高速公路"，对秦始皇统一中国发挥了重大作用。
⑥ 圣人条，即陕西境内纵贯中北的子午岭。
⑦ 老子在楼观台著《道德经》。
⑧ 指宝鸡的伐鱼河谷。
⑨ 阿房宫屋檐的建筑风格。"钩心斗角"成语源于《阿房宫赋》。
⑩ 夔是龙的一种。夔、凤纹饰是汉朝皇宫瓦当上特有的纹饰。

明。法门地净土，供佛祖舍利①；五丈原幸壤，守诸葛忠魂②。脂凝华清池，三千宠爱在一身；回首马嵬坡，几行哀泪洒白绫③。魂断咸阳渡，折尽灞桥柳④。西京定，天下安⑤。八水绕城⑥，纵贯古今。广场飞泉，世园百花盛；唐城汉池，芙蓉⑦依旧歌。大明宫址，古街通衢，高科园区⑧，大学名城⑨。长安丰华地，城阙辅三秦。黄河聚壶口，卷起千堆瑞雪；黄帝植大树⑩，荫庇万世子孙。白云山日出扶桑霞，红石峡月

① 法门寺藏有佛祖释迦牟尼真身指骨舍利，是世界上独一无二、佛教界至高无上的圣物。

② 曹魏和蜀汉在五丈原交战，蜀汉丞相诸葛亮率军第五次北伐，由汉中出发，取道斜谷，穿越秦岭，驻五丈原。蜀军与魏军对峙100余天。最后，诸葛亮病逝于此。

③ 安史之乱时，李隆基带宠妃杨玉环逃出长安至马嵬坡。军将不前，迫使李隆基赐死杨玉环。杨玉环从"三千宠爱在一身"到马嵬坡被赐白绫，上演了一场悲欢奇爱。

④ 咸阳古渡、灞桥柳色均为"关中八景"之一。这里还有关于古人折柳相送、渡口惜别意境的描写。

⑤ 西京定、天下安，对"西安"的解读。

⑥ 2000多年前，汉朝有东沪灞、北泾渭、西沣涝、南潏滈，为西安赢得"八水绕长安"的美誉。如今，西安城市扩大，恢复生态建设，再现"八水绕城"格局，重构"城在水中、水在城中"盛景。

⑦ 指大唐芙蓉园。

⑧ 杨凌高新技术开发区是国家重点支持的五大高新区之一、全国六个海峡两岸农业合作试验区之一。

⑨ 西安是全世界大学最多的城市之一。

⑩ 黄帝陵有黄帝手植柏，已有5000年历史，象征着中华儿女生生不息。

映镇北台①。统万残城②夕阳照，赫连勃勃骠骑衰。谷丰羊肥兮，南泥湾好地方；碧草金格兮，毛乌素化江南。风吹渭水万里碧，天汉育邦国人乡，安康甲第蛟龙跃，鹤城商水云齐辉。华山一条道，秦域八方景③。古都神韵，黄土高坡，群峰叠翠，平川高辽，革命圣地，塞外明珠。

牛哉秦人。武王伐纣，周公奠儒④。杀神⑤长平战，灭纸上谈兵⑥之傲气；天王⑦挥金鞭，扫东突萧铣之猖獗。司马迁演史家之绝唱，班孟坚⑧摘汉赋之冠珠。

---

① 指榆林城北的镇北台，号称"万里长城第一台"。

② 统万城，在今陕西靖边县境内。北朝十六国时期，匈奴首领赫连勃勃在此建立大夏国，定都于此。这也是匈奴建立的第一个城市，当地百姓称其为"白城子"。

③ 西安碑林中有一碑，用诗画形式描述了关中的锦绣河山。朱集义作于清康熙年，碑面书、画、诗为一体，一景一画，即华岳仙掌、骊山晚照、灞柳风雪、曲江流饮、雁塔晨钟、咸阳古渡、草堂烟雾、太白积雪。

④ 周公是西周初期杰出的政治家、军事家和思想家，被尊为儒学奠基人，孔子最崇敬的古代圣人之一。

⑤ 指白起，秦大将，号"杀神"。与王翦、廉颇、李牧并称战国四将。

⑥ 赵国名将赵奢之子赵括，年轻时学兵法，谈起兵事头头是道。后来他接替廉颇为赵将，在长平（今山西省晋城高平市西北）之战中，被白起率领的秦军打败，赵国40万大军被白起坑杀。"纸上谈兵"成语源于此。

⑦ 指天王李靖。

⑧ 班固，史学家、文学家，修《汉书》，善辞赋，著有《两都赋》等。

苏武牧北海，手持符节心向汉；张班^①出西域，旌旗万里牵往来。褒姒烽火戏诸侯，貂蝉一抹红尘消。颜筋柳骨，书道楷范^②；环肥燕瘦，各尽其美。杨盈川出塞^③豪迈，杜牧之山行^④清远。天师^⑤三尺青锋，斩尽世间妖魔怪；财神^⑥一腔慈愿，祈求万民锦衣食。王徵^⑦博学，著两理之略普科技；重阳^⑧厚思，主三教合

---

① 张骞，汉代旅行家、外交家、探险家，对丝绸之路的开拓做出重大贡献。班超是著名史学家班彪的幼子，其长兄班固、妹妹班昭也是著名的史学家。班超出使西域、为平定西域，促进民族融合做出巨大贡献。

② 颜真卿、柳公权是唐楷的代表人物，两人风格不同，有"颜精柳骨"之说。"楷范""楷模"两词源于此二人。

③ "初唐四杰"之一杨炯的代表作《出塞》："塞外欲纷纭，雌雄犹未分。明堂占气色，华盖辨星文。二月河魁将，三千太乙军。丈夫皆有志，会见立功勋。"

④ 《山行》，杜牧代表作。

⑤ 钟馗，字正南，中国民间传说中能驱除邪祟的神。旧时中国民间常挂钟馗像辟邪除灾，是中国传统文化中的"赐福镇宅圣君"。古书记载，此君生铁面虬鬓、相貌奇异，才华横溢、满腹经纶，正气浩然、刚直不阿。春节时为门神，端午时是斩五毒的天师，也是中国道教诸神中唯一的万应之神。

⑥ 指武财神赵公明、文财神刘海。

⑦ 王徵，明代科学家。对传播西方科学、促进文化交流卓有贡献，被誉为"南徐（光启）北王"，著有《两理略》。

⑧ 指全真道创始人王重阳。

一创全真。世忠誉四将，携手武穆抵金夏^①；闯王举义旗，敢把皇帝拿下马^②。三秦有幸聚才俊，风流人物看今朝。黄土育群众领袖，小米养鲁艺人文^③。李仪祉^④驱现代水利，张季鸾誉报业宗师^⑤。右任尊现代书圣，

---

① 韩世忠，字良臣，延安（今陕西绥德县）人，南宋名将、词人，与岳飞、张俊、刘光世合称"中兴四将"。勇抗西夏、金，立下汗马功劳，为人正派，不肯依附秦桧。他为岳飞遭陷害鸣不平。
② 闯王李自成推翻明朝。
③ 鲁迅艺术学院是抗日战争时期中国共产党在延安创办的一所文学艺术学校，简称"鲁艺"。抗战胜利后，鲁艺迁往东北。穆青、贺敬之、冯牧、李焕之、郑律成、刘炽、莫耶、王昆、成荫、罗工柳、李波、时乐蒙、于蓝、秦兆阳、黄钢、康濯等文学家、艺术家、记者均为鲁艺学员。
④ 李仪祉，陕西蒲城人，著名水利学家、教育家，我国现代水利建设的先驱。他主张治理黄河要上中下游并重，防洪、航运、灌溉和水电兼顾，改变了几千年来单纯针对黄河下游的治水思想，把我国治理黄河的理论和方略向前推进了一大步。他创办了我国第一所水利工程高等学府——南京河海工程专门学校和多所院校，为我国培养了大批水利建设人才，并亲自主持建设陕西泾、渭、洛、梅四大惠渠，成为我国现代灌溉工程样板，对我国水利事业做出重大贡献。
⑤ 张季鸾，名炽章，陕西榆林人，新闻家、政论家。《大公报》首任总编，曾任孙中山秘书。他去世后，周恩来、董必武、邓颖超唁电："季鸾先生，文坛巨擘，报界宗师。谋国之忠，立言之达，尤为士林所矜式。"张季鸾和于右任、李仪祉并称为"陕西三杰"。

石鲁开长安画风。"三沈"①兄弟，文坛巨子；子洲、志丹②，革命英烈；光亭、钟麟③，抗日功臣；斌丞、鼎铭④，爱国明绅。人民公仆铁市长⑤，治沙英雄牛女郎⑥。柳青青兮，身处故乡思创业；路遥遥兮，平凡世界炼人生。⑦平凹高歌秦腔，忠实逐鹿白原。⑧走红

---

① "三沈"，即沈士远、沈尹默、沈兼士三兄弟，陕西商洛人，祖籍浙江吴兴。《鲁迅和青年们》一文中写道："北平文化界之权威，以'三沈''二周''二马'为最著名。"沈士远，著名学者。沈尹默，原名君默，号秋明，著名学者、诗人、书法家、教育家。沈兼士，中国语言文字学家、文献档案学家。

② 指李子洲、刘志丹，陕北革命根据地创立者。

③ 指杜聿明、张灵甫。

④ 指杜斌丞、李鼎铭。

⑤ 20世纪80年代，西安市张铁民市长发动市民修西安古城，对古城西安发展做出巨大贡献，被誉为"鬼怕人爱"的公仆。

⑥ 牛玉琴，陕西靖边县人，全国著名的治沙女模范。

⑦ 柳青，原名刘蕴华，陕西吴堡县人，当代著名小说家。代表作《在故乡》《创业史》。路遥，陕西清涧县人，当代著名作家，代表作《平凡的世界》《人生》，其中《平凡的世界》获得茅盾文学奖。

⑧ 贾平凹，陕西丹凤县人，当代著名作家。中国作家协会副主席、陕西省作家协会主席、西安市文联主席、《延河》《美文》杂志主编。代表作《秦腔》，获得茅盾文学奖。陈忠实，陕西西安市人，当代著名作家，曾任中国作家协会副主席。代表作《白鹿原》获得茅盾文学奖。

高粱艺谋①执奥运，金鸡报晓天明掘老井②。何方貌女才男？米脂婆姨绥德汉。

盛哉秦物。熊猫、金猴③林间闲度，朱鹮④、黑鹳枝头悠翔。百合⑤结情侣，西凤⑥敬亲朋。汉服简约，显朴素民本；唐装雅贵，彰盛世风华。白羊肚手巾红腰带，大红绸兜兜绣花鞋。面食莫丰于秦地，好面莫胜于秦人。一麦出十样，一粉成百食。泡馍、夹馍香飘天下，包子、饺子誉满舌尖。岐山臊子油泼面，汉中酿皮坊上汤⑦。定边荞麦米脂谷，榆林豆腐⑧贵妃酒⑨。紫阳毛尖，汉中仙毫。南耳，北枣，东果，西核。昔日皮毛、咸盐、甜甘草富甲三边，如今煤炭、石油、天然气名冠四海。秦

----

① 张艺谋，陕西西安市人，"第五代导演"代表人物之一。执导的《红高粱》《菊豆》《大红灯笼高高挂》《秋菊打官司》《活着》《一个都不能少》等影片在国内外屡获大奖，三次提名奥斯卡奖，五次提名金球奖。为2008年北京奥运会开幕式总导演。

② 吴天明，陕西汉中市人，著名导演，执导《人生》《老井》《百鸟朝凤》等知名电影，其中《老井》获金鸡奖。

③ 指金丝猴。

④ 朱鹮，陕西省省鸟。

⑤ 指百合花，陕西省省花。

⑥ 指西凤酒。西凤酒在1952年被评为中国四大名酒，其特殊香型——凤香型绵长厚重、历久弥香。

⑦ 指西安回民街的胡辣汤、泡馍等美食。

⑧ 榆林桃花水做出来的豆腐白嫩细腻、味香可口、营养丰富、价廉物美、驰名中外、历史悠久。

⑨ 贵妃酒，即稠酒、米酒。

牛^①雄健，彰拓荒者精神；滩羊^②温良，喻三秦人品格。享美食，辣子一道菜；卧福地，姑娘不嫁外。^③

　　妙哉秦声。始祖大帝，琴瑟依依^④；西周天子，编钟悠悠。老腔^⑤原生态，灯碗^⑥纳时尚。秦腔高亢，花音、苦音^⑦尽表高原豪迈；眉户润宛，大调、小调^⑧柔断情侣爱肠。说书^⑨情趣，男女老少乐闻见；乱弹^⑩

---

① 秦川牛是我国最优良的黄牛品种，体格大、役力强、产肉性良好。

② 三边、横山一带的滩羊名冠天下，肉嫩而不膻，皮毛上乘，如滩羊二毛皮九道弯。

③ 辣子一道菜、姑娘不对外都是陕西"十大怪"之一。其他为面条像裤带、锅盔像锅盖、碗盆分不开、手帕头上戴、房子半边盖、板凳不坐蹲起来、窗帘挂在外、秦腔不唱吼起来。各地表述略有区别，如窗纸糊在外、老太太上树比猫快等。

④ 相传伏羲或炎帝发明了琴瑟。

⑤ 指陕西老腔，以皮影戏为依托，有着独特的声腔体系，它融表演、音乐、诗歌、技艺、美术于一体，又被称为老腔皮影艺术，当地老百姓俗称其为老腔戏，是中国最古老的戏剧艺术之一。老腔有"最古老的摇滚乐"和"原始说唱"之别称，往往把说、念、唱交织在同一个唱段中，每句末的三拍乐节形式构成一种独特的乐句声腔形态，在全国剧种里绝无仅有。经专家考证，陕西老腔是秦腔的前身。目前，华阴老腔已被列为第一批国家级非物质文化遗产。

⑥ 也称碗碗腔，陕西第三大剧种。

⑦ 秦腔的两种唱腔。

⑧ 眉户剧的两种唱腔。

⑨ 陕北说书，边弹边说边唱的曲艺表演形式。

⑩ 秦腔的俗称，这里指秦腔非舞台、非专业的演唱方式。

随感，坊间地头亦嘶吼。余音绕梁①，看戏忘食②。梨园百花，岁岁芬芳。前立易俗六君子③，后继新秀二度梅④。板胡调高扬激荡，唢呐曲回转悲凉。巍巍乎，泰斗之雅乐⑤；袅袅兮，乡间之竹音⑥。陕北民歌，唱尽人间情和爱；关中道情，相谐五音唱与和⑦。紫阳歌世态，宝鸡花儿香。吟《秋收》调子，听《黄河》涛声，阅《沁园春·雪》，颂《东方红》曲。信天游放歌西部，走西口梦回秦关。秦中官话⑧刚劲流畅，北调南腔⑨真率明爽。

滚滚洪流，隆隆车辇。盛世荣华烟雨故，复兴之路大梦成。今我陕西，改革开放，依资源，农桑果茶、旅游生态、能源化工、冶金装备、重汽制造，三秦百姓乐富庶；今我陕西，西部开发，凭科技，航天航空、生物工程、软件电子、低碳环保、文化产业，西部全国步前头。

_____

① 秦腔高亢，有"绕梁三日不去"之说。
② 有"看了梁秋燕，三天不吃饭"之说。《梁秋燕》是现代眉户剧的代表作。
③ 易俗社是秦腔著名的研究和演出机构，秦腔名家有刘箴俗、刘迪民、沈和中、路习易、苏牖民、马平民、陈仁义。
④ 多名秦腔新秀两度获得梅花奖。
⑤ 指中国音协主席赵季平。
⑥ 陕西有一大批土生土长的民间艺术家。
⑦ 关中道情演唱形式为台上唱、台下和，呼应和谐。
⑧ 西安为十三朝古都。
⑨ 指陕北方言和陕南方言。

赞咱陕西，山高水长；听咱陕西，秦声高亢；道咱陕西，秦风豪放；看咱陕西，前景辉煌。

（原载于《中华辞赋》2014 年第六期）

南京小赋 ①

　　钟山脚下，扬子江滨。沃域一千里，众生五百万。山围故城，池环旧墙。

　　春牛首，夏钟阜，秋栖霞，冬石城。四十八景，名震八方。文采甲海内，衣冠盛江南；太白凤凰台②，荆公③桂枝香。六朝④烟月，学子名题金榜；金粉荟萃，痴汉情坠秦淮。

　　赤壁烽火烈，英雄少年郎。公瑾虎踞龙盘临天下，孔明垂暮搭台借东风。光帝立马开新业，宋齐梁陈昙花落；可怜后主难治国，半生囹圄哀骚人。明祖胸怀窄，太平⑤志不长。天兵内讧⑥人心碎，辫军洗劫⑦虎狼嚎，

----

① 作于 2003 年中秋节，也是作者的第一篇赋。
② 李白《凤凰台》："凤凰台上凤凰游，凤去台空江自流。吴宫花草埋幽径，晋代衣冠成古丘。三山半落青天外，二水中分白鹭洲。总为浮云能蔽日，长安不见使人愁。"
③ 王安石，居江宁（今江苏南京市），封舒国公，改封荆，世称"荆公"。
④ 六朝，指东吴、东晋、南朝宋、南朝齐、南朝梁、南朝陈。
⑤ 指太平天国。
⑥ 指太平天国内讧。
⑦ 指张勋辫子军洗劫南京。

美英炮火遮日月，日寇屠城惊上苍。多少辛酸事，泪成莫愁湖。多少烟雨楼，别是一番滋味在心头。

三民主义图共和，宏愿未了饮恨归。几度统一志，中山陵前表。蒋氏少血气，弃宁①亡雾都；汪贼断脊梁，卖祖立伪府。延安红党扛战旗，无计前嫌同抗敌。山下桃子才熟，山上剿赤鼓响。捣黄龙，雄狮不学霸王；易旗帜，开创金陵新天。破天堑江山一统，建虹桥联通两岸。

先驱忠骨青山有幸埋，苍松雨花英烈昭后来。半个世纪伟业，六朝十代何及？金陵古都旧貌赋新韵，政通人和"双先"开未来。

---

① 宁，南京市简称。

三沙赋

　　浩哉南海，圣哉三沙。盘古开天置山河，精卫填海遗岛诸。曾母牵北漠，万安月映天^①；黄岩威虎踞，永乐蛟龙盘。

　　三沙海屿，故属中华。始皇驾舆，威加四海驭南郡；武帝挥鞭，汉风五洲沐珠崖。隋文炀帝，皇权政令达番禺；唐宗明皇，中华龙胆慑罗伏。宋元拓丝绸之漫路，大明独海上之霸主。景泰制牵琼州道，康熙气贯岭南方。民国粤海道，中山怀沧远。大清全图，赫赫之铁名；波茨坦约，凿凿我海疆。

　　大风许许，长歌不息。古国悠悠千载韵，中华泱泱万方土。勤劳先民，古已海耕渔猎；智慧前贤，海上丝贸瓷商。三宝^②执舵，百舸群帆泛西洋，载文

---

①　万安滩位于南海最西端，过去称为前卫滩，形如新月。
②　三宝，即郑和，"三保太监"，又作"三全太监"。

明，国威达天下；黄婆①穿杼，三寸金莲步天涯，怀麻桑，衣被暖寒生。唐胄志《琼台》，李准勒坚碑。执浑仪②，勘子午左右；捧司南，观赤道南北。望北斗，设长明灯塔；司海螺，唤后来航人。蛮夷浊静海，匪贼盗夜墙。甲午一战，北洋樯橹灰飞烟灭；耻约三百③，壮美河山任人肉鱼。高雷醒梦狮，啸海唤苍龙。观音合掌，蛊妖魑魅皆退位；西沙亮剑，倭寇海盗知胆寒。

红日担皓月，阔海涵雄山。古庙址、军史馆、纪念碑，诉说沧桑；主权石、将军林、收复铭，宣示海疆。万顷茫海腾碧浪，千里长沙接石塘。水生之乐域，海鸟之天堂。鱼跃潮头，舰驰浪尖。岛蕴燃气，礁富乌金，椰风旖旎琳琅宝；水肥鱼虾，波滋珍珠，五彩海岛蔚霞蒸。竿钓盈钵玉，网收满舱金。星接渔火，心泊祖国岸；歌答涛声，望尽往来帆。

---

① 黄婆，即黄道婆，又名黄婆、黄母，元代著名纺织家。在崖州30多年，学习纺纱织布技术，后传回家乡淞江府，极大地推动了纺织技术的进步。淞江一带很快成为全国棉织业中心，当时淞江布匹"衣被天下"，几百年不衰。上海豫院内，有清咸丰时作为布业公所的跋织亭，供奉黄道婆为始祖。在黄道婆故乡乌泥泾，至今还传颂着"黄道婆，黄道婆，教我纱，教我布，二只筒子二匹布"的歌谣。
② 指浑天仪。
③《中外旧约章汇编》统计近代中国不平等条约有340多个。

壬辰设市，名曰三沙。中、西、南，诸群岛之谓；海、岛、天，斯神圣之疆。实控铁据，法理所依。十里腴岛牵二百万海域，五星红旗展十三亿壮怀。航母伴蛟龙，掀瀚海巨浪；飞弹比雄鹰，翱极目长空。水师严严，海监旦旦。中华之屏藩，南溟之金汤。

　　南天苍苍，南海茫茫。美丽三沙千秋太平，富强华梦万代永兴！①

　　欣闻三沙立市，赋以贺之！

———

① 太平、永兴为南海中国岛屿。

浦东干部学院小赋 [①]

　　东方明珠照东海，干部学府映浦东。开放前沿阵，改革烽火台。望沧海，巨轮乘风破浪；仰高天，红旗映日长空。

　　办学辟新路，理论付笃行。实事求是，传统与时俱进；服务人民，行为能力共培。品学兼优，非高校名于高校；教学相长，非大学胜似大学。殷殷教诲，清泉沁心肺；严严才俊，青树布九州。胸荡南湖帆，怀揣赤子心。放眼国际，日边观沧海；壮怀天下，月畔瞭苍穹。

　　畅门雅园，前程通锦绣 [②]；茂林荫湖，活水绕篱墙。劲杉 [③] 立坡，银杏伴乌桕；修竹蔽丘，女贞 [④] 抱玉兰。梧桐 [⑤] 听细雨，乔樟沐清风。粉面桃，喜颜迎春

[①] 2014 年 10 月，笔者参加浦东学院"宁夏开放型经济建设专题研讨班（第五期）"所作。

[②] 校园门口有锦绣路、前程路。

[③] 校园有水杉、池杉等树。

[④] 女贞树别称冬青。

[⑤] 悬铃木俗称法国梧桐。

日；红叶李，摇枝送秋霞。金桂弥茗馥，棕榈不畏寒。紫藤攀红豆[1]，干枝相语相趣；蚊母[2]无患子[3]，花叶畅合欢[4]。金叶覆小径，疏柳映碧湖。青阁碧瓦，赤壁明窗[5]。黄花天际，绿野清远。杜英[6]高洁，簇簇幽兰沾玉露；朴树[7]素雅，灼灼红榉燃枫香[8]。天鹅交颈语，秀石卧绿毯。石径通幽林，阔岸连梦台。蝉鸣清，小桥幽翠岛；鸭戏水，青灌沐风光。灵雀跃高枝，忙蜂问奇葩。晚风唤劲草，夜蛙唱月荷。点点明灯指前路，敦敦厚土育高材。

名师聘四海，传经解惑，涓涓活水流淌长城内外；桃李遍五洲，尽心竭力，斑斑星火燎原大江南北。教学入实践，探寻发展真谛；雅艺进课堂，熔铸高尚情操。梦听延河水，遥望井冈山[9]。红楼[10]书声琅，青舍学谊深。如饥似渴，日聆名师授；探本溯源，夜伴长明灯。

---

① 指红豆杉。
② 蚊母树是我国特有的一种四季常青的树木。
③ 无患子，一种观赏木。
④ 合欢，一种观赏花的植物。
⑤ 红色建筑物。
⑥ 杜英树枝叶繁茂，霜后红绿相间，也可做其他花木的背景树。
⑦ 朴树，一种树木。
⑧ 榉、枫都是秋天观赏叶色的树。
⑨ 与浦东学院并列的中国干部管理学院还有井冈山学院、延安学院。
⑩ 教学楼设计为红船造型。

匆匆卅日修，胜读十载闲书；悠悠岁月长，岂容光阴虚流？学获所思，弄潮改革开放；干举新法，推进区域崛起。诸君共勉：阔步民族复兴路，共圆和谐中国梦！

（原载于中国浦东干部管理学院网）

中央党校廿九期公务员班赋①

岁在戊戌，九月金秋。相聚京华重地，学于中央党校。凡七十众生来自诸省部，聚一班学员皆单位中坚。

望天安门红日，听中南海涛声。谒无产者导师偶像，仰咱们老校长伟型。从小平之健步，聆近平之召唤。仰赤旗之烈焰，踏红船之浪踪。马列主义，理论温原著；中国特色，思想领精神。汲传统之精髓，明时代之主张。念使命，闻鸡起舞；知担当，挑灯夜究。朝闻名师之教诲，夕领学友之高见。部长专家主讲座，实案思辨充课堂。正蒙斋，国学强自信；留筼馆，雅艺冶情操。激扬文字，琅琅书声。巍巍峨峨，志在高山流水；切切磋磋，情牵黎民百姓。高山仰止，德建品增。天鹅踩星光，随雅乐起舞；悠鱼寻云影，闻书声长歌。宝塔山下，朝圣延安精神；梁家河畔，逐梦青春年华②。

---

① 戊戌秋，作者在中央党校参加为期两个月的"第二十九期公务员进修班"。
② 其间，到延安学习一周。

春华、夏荫、秋惠、冬朴，晓东、建南、霞西、凌北。海淀湛湛，大有①恢恢。碧阁飞檐，阶升远望亭；红柱开轩，亲水掠燕湖。金叶覆小径，白果压枝低。听雨阁前，品滋田之细雨；清风亭下，沐入肺之新风。②粉墙黛瓦，圆门秀石。曲桥接翠岛，连廊通幽林。镜湖倒影，泉流花笑；水月双辉，碧波散星。一路春风，蔚彬游优境；二味书馨③，颂声载道弘。天地人和，盈仄列张。绦柳垂岸，冬青引路。芙蓉倒青影，玉兰吐厚香。紫气东升，文化长廊东方晓；育园西华④，水木园湖泛方舟。修竹见节，苍松参天。昆仑问道，南湖启航。

学治国理政思想，党性达炼；砺真抓实干品格，本领增强。共学共悟，亦鉴亦促。教学互启，学学相长。习以修身，心凝华梦；学以致用，志在报国。政治强素质，理论见真谛；领导提能力，实践达竿头。转理念，兴业为要；强体魄，康乐为本。

七秒之鱼，相忘于江湖；两月同学，情满于天宇。今日泪别，各归天南地北；他时重逢，必在中华复兴！

（原载于中央党校《学习时报》2018 年 11 月 2 日）

---

① 中央党校在海淀区大有庄。
② 掠燕湖、听雨阁、清风亭均为实景。
③ 校园有二味书屋。
④ 东升、西华为两个小报告厅之名。

杜斌丞赋

　　榆林二杜[1]，斌丞其一。教育家、政治名士，革命者、民盟先驱。陕北人杰，难得有识之士[2]；西北领袖[3]，不忘情于革命[4]。

　　教育立身，民主斗士。校长有为，聘名师魏野畴、李子洲榆中执教；民主育人，励学生刘志丹、谢子长志存高远。鼓爱国运动，导精忠报国。倾心教育，竭力办学。开三民中学、绥德师范，澜涛文瑞[5]革命战士辈出；创榆林女师、延安女中，米脂婆姨美誉名扬天下。榆林有斌丞，地虽瘠教育蓬勃；陕北有斌丞，民虽苦革命有人。

　　南巡北居，寻途救国。拜髯翁[6]，会又光[7]，识仪

---

① 二杜，即杜斌丞、杜聿明，二人是叔侄关系。
② 彭德怀对杜斌丞的评价是"难得的有识之士"。
③ 毛泽东称赞杜斌丞"西北领袖人物"。
④ 毛泽东评价杜斌丞"不忘情于革命"。
⑤ 刘澜涛、马文瑞都是杜斌丞的学生。
⑥ 于右任，别号髯翁。
⑦ 又光，指惠又光，陕西清涧县人，毕业于由关中书院改建的陕西第一师范学堂，早期加入中国同盟会，秘密从事反清革命斗争。

址①，结兆麟②。送学子两中山③修文习武，鼎焕章④出潼关策应北伐。身栖关中，心系延安。清乡局，救刘志丹危难，解刘澜涛囹圄；秘书长，护陕北根据地，援游击队物资。荐魏野畴，大西北主义指点杨省长迷津；⑤携杨明轩，新民主主义创建西北民盟部。互不侵犯，和衷共抗蒋介石；亲苏友共，努力实现新民主。⑥"知我者斌丞，助我者斌丞。"⑦

助抗日运动，送女儿延安。恒信念，志不渝：革命前途在大众，大众崛起赖共党⑧。劝张杨合作抗日，促两军⑨兵融一家。杨将军⑩智僚，解局西安事变，跟

① 指李仪祉。
② 侯外庐，字兆麟。
③ 杜斌丞送几十名学生入西安中山学院、西安中山军校学习，培养革命人才。
④ 冯玉祥，字焕章。
⑤ 杨省长，即杨虎城。杜斌丞劝说杨虎城："一个杨虎城，一支十七路军，斗不过蒋介石，迟早要被吃掉。只有西北大联合，进而促进南北（西北军与红军）大联合，才能对付蒋介石，十七路军才能有所作为。"被誉为"大西北主义"。
⑥ 在杜斌丞的大力协调下，十七路军和红四方面军签署了"互不侵犯，共同反蒋"协议；杜斌丞领导的西北民盟提出"亲苏友共，努力实现新民主主义"目标。
⑦ 杨虎城说："真正知我者斌丞先生，真正助我者斌丞先生。"
⑧ 杜斌丞说："中国革命的前途在大众，大众的崛起要靠共产党。"
⑨ 指东北军和十七路军。
⑩ 指杨虎城。

共产党走，拟八项主张①，筑抗击日寇钢铁长城；孙蔚如②臂膀，佐理陕西政务，结苏联之好，策陕甘一体，辟反法西斯国际通道。

洽李济深、朱蕴山，联关麟征、杜聿明。拜会表方、秉甫③，仰交翔宇、邃园④。拒胡宗南拉拢，破蒋介石阴谋。推民主救国，反一党专治。驰援靖远兵变⑤，疾呼释放张杨⑥。"为问元戎今何在？不扫楼兰誓不还。"⑦常比李公朴，榜样闻一多。与虎同穴，斗争到底；献身民主，生死度外。

生为革命，鲁迅式共产党人⑧；花甲而逝，为人民虽死犹生⑨。米脂养儿，巍巍秦岭安忠骨；神铸天宇，青青榆林招故魂。

----

① 杜斌丞参与西安事变"八项主张"的草拟。
② 孙蔚如，抗日名将。
③ 张澜，字表方；沈钧儒，字秉甫。
④ 周恩来，字翔宇；林伯渠，字邃园。
⑤ 指谢子长、杜润滋靖远兵变。
⑥ 张杨，指张学良、杨虎城。
⑦ 杜斌丞英勇就义前写下一首七绝，可惜只留下三句："汉家旌旗满潼关。为问元戎今何在？不扫楼兰誓不还。"
⑧ 周恩来称杜斌丞为"鲁迅式共产党人"。
⑨ 杜斌丞逝世一周年，毛泽东题词"为人民而死，虽死犹生"。

新三边七笔勾①

　　三边②畅游，秀美山川无尽头，经济千百亿，西部争上游，纵横通高速，阡陌小车稠，塞上明珠处处显风流，因此上把穷乡僻壤一笔勾。

　　新房洋楼，红桃绿柳绕宅走，明窗纳青山，高门贵客投，金信通天下，琴棋书画周，宽网彩电老少天天瞅，因此上把烂窑茅庵一笔勾。

　　俊男靓女，丁型台③上猫步走，西装配革履，二

----

① 光绪帝派巡察官员翰林王培棻到"三边"视察。王到三边，面对满目荒凉的景象和贫困的百姓，写下格律《七笔勾》。王回京，以《七笔勾》奏请朝廷割让三边给外夷做传教之地。此事激起三边官民之众怒，联名上书朝廷，王被罢官。新中国特别是改革开放以来，三边发展十分迅速，有不少文人墨客留下作品，有《新七笔勾》《七风流》等。笔者常为故乡三边之新变化而感动，亦作《新三边七笔勾》。

② 三边，即陕西省定边县、靖边县、定边县安边镇（解放前为安边县）。陕甘宁边区政府的三边地区还包括陕西吴起县、宁夏盐池县，但不包括国统区的安边县。

③ 即T型台，因辞赋表达不用西文，故写作"丁型台"。

毛①压箱久，金钻来饰首，争做时装秀，巴黎上海流行处处有，因此上把烂皮打张②一笔勾。

客到必留，清茶香果敬到手，山珍就海鲜，荞面配羊肉，热炕拉家常，宾主筛满酒，民歌小调曲曲暖心头，因此上把吞糠咽菜一笔勾。

文成武就，文卫教科赶前头，骚人作诗赋，体坛夺金瓯，北大清华走，外语讲一流，剪纸柳编家家有巧手，因此上把天荒病弱一笔勾。

时髦女流，貌比貂蝉皆美妞，眼似夜明珠，桃面眉如柳，才女四方走，英雄治沙丘③，笑傲天下事事争彩头，因此上把女流之辈④一笔勾。

塞上名洲，汉满蒙回是亲友，礼尚来往勤，物产任其流，花儿⑤走三边⑥，道情⑦走西口⑧，南腔北调人人都能吼，因此上把成规陋俗一笔勾。

（原载于《中华辞赋》2014 年第八期）

---

① 二毛，即二毛皮，本文指滩羊二毛皮所做的衣服——二毛卡衣。
② "烂皮打张"是三边土话，意为衣服破旧不堪。
③ 当地涌现出牛玉琴、白春兰等一批女治沙英模。
④ 女流之辈，当地人对女性的一种歧视性称呼。
⑤ 花儿，系流传于中国西北部的民歌形式。
⑥ 双关语，指走三边，也指歌曲《走三边》。
⑦ 陕北民歌的一种形式，这里泛指陕北民间文化。
⑧ 双关语，指走西口，也指陕北民歌《走西口》。

附：王培棻《七笔勾》

万里遨游，百日山河无尽头，山秃穷而陡，水恶虎狼吼，四月柳絮稠，山花无锦绣，狂风阵起哪辨昏与昼，因此上把万紫千红一笔勾。

窑洞茅屋，省去砖木措上土，夏日晒难透，阴雨水肯漏，土块砌墙头，灯油壁上流，掩藏臭气马屎与牛溲，因此上把雕梁画栋一笔勾。

没面皮裘，四季常穿不肯丢，沙葛不需求，褐衫耐久留，裤腿宽而厚，破烂且将就，毡片遮体被褥全没有，因此上把绫罗绸缎一笔勾。

客到久留，奶子熬茶敬一瓯，炒面拌酥油，剁面加盐韭，牛蹄与羊首，连毛吞入口，风卷残云吃尽方丢手，因此上把山珍海味一笔勾。

堪叹儒流，一领蓝衫便罢休，才入了黉门，文章便丢手，匾额挂门楼，荣华尽享够，嫖风浪荡懒向长安走，因此上把金榜题名一笔勾。

可笑女流，鬓发蓬松尘满头，猴窍腥膻口，面皮似铁锈，黑漆钢叉手，裤脚三滴留，云雨无度哪管秋波流，因此上把粉黛佳人一笔勾。

塞外荒丘，土羌回番族类稠，形容如猪狗，性心似马牛，语出不离球，礼貌何谈周，圣人传道此处偏遗漏，因此上把礼义廉耻一笔勾。

（摘自《可爱的定边》，陕西人民出版社 1995 年 7 月第一版）

追思刘公夫妇辞[1]

功德巍巍，子午作玉枕；故乡殷殷，渭水绕膝清。

先生刘公，关中长武人。少年革命，戎马天下。连天烽火，亲历延安保卫战；枪林弹雨，驰骋解放大西北。征战陇陕，威武雄风。全国和平而解甲，壮年服务于宁夏。行军旅，能征善战功赫赫；司行政，为民勤廉誉辉辉。历磨难，放逐乡村作锻炼；得复职，淡待功名守初心。钢铁气质，声声板胡昭后世；松柏精神，浩浩睿智铸族魂。扶危济贫，离休有闲志；书馆献乡，晚情泻桑梓。

夫人高氏，陕北靖边人。木兰从军，伴夫天涯。女儿之血躯，丈夫之胸怀。走遍大西北，转战陕甘宁。知书达理，相夫教子；从医施教，勤勉奉公。询诊扶幼，显巾帼良技；奔走力争，得家整人齐。苦一人，粗茶淡饭全家无饿；累自己，布衣补丁合府温馨。离休劳不辍，九旬堂前欢。严克己，梅傲竹节；厚爱人，兰熏菊芳。

---

[1] 本文略去刘公夫妇名。

高堂明月，大光千里。婚成癸未岁，共枕六十春。苦乐鸳鸯，相濡以沫两耄耋；革命家庭，读书做事从严格。节衣缩食，周济穷亲寒友；知恩必报，恒念受人滴水。琴瑟和鸣，含辛抚养八子女；严父慈母，勤德育出一荣族。积善之家多才望，和睦门第出贤达。瓜瓞绵绵兮，继先祖之根脉；厚德荫荫兮，弘刘族之佳风。

　　同乡长辈，感而为悼。庚子清明，草于凤城。

吟宁夏引黄古灌区

汤汤大河九九湾，
浩浩厚我宁夏川。
岁岁流润岁岁顾，
代代风华代代传。

秦皇民垦河南地，
汉武开渠朔方安。
虞诩郭璜复三郡，
刁雍节灌辟艾山。

王珣苦工余兴叹，
九德①筑堤灵城坚。
朱栴魂注桃源境，
文辉②正闸石严严。

---

① 指张九德。
② 指王文辉。

大清惠农①思通智，

二廷②复修疏汉延。

民国多乱民生苦，

跃进西干更尚贤。

汉法激河③久久效，

刁翁④守敬⑤业领先。

无坝有坝引水过，

木闸石涵几轮番。

岁修封俵恒续溉，

卷埽妙法天下传。

帑银私工施一处，

官民勠心河安澜。

汉武六巡边塞固，

唐宗盛会天下安。

通智坝闸滚退水，

① 指大清渠、惠农渠。
② 二廷，指清雍正乾隆年间的宁夏道官员钮廷彩、王廷赞。
③ 指激河法。
④ 指刁雍。
⑤ 指郭守敬。

桐选枪声慑水贪^①。

果城薄骨赫连^②富,
大唐灵州盛世绵。
长渠滋谷鱼虾美,
凭地呵倒噶尔丹。

王维长河吟落日,
韦蟾塞北赞果园。
天骄折羽千载叹,
武穆情系贺兰山。

几度春秋几衰盛,
百干千支^③润万田。
新时大禹鸿鹄志,
提起黄河上高原^④。

大坝昂首扩溉域,
节灌惜水转用权。

---

① 崔桐选 1928 年任宁夏水利专员,到任后枪决了把持唐徕水权的豪绅黄厚坤和唐徕渠局长蔡乐善,大快人心。
② 薄骨律镇,号称果城。
③ 指干渠、支渠。
④ 指扬黄灌溉工程。

人水和韵宜居业，

生态沿黄盛名传。

迁人合融两千载，

新秦^①天府誉江南。

遗产传承有你我，

复兴大梦更空前。

---

① 指新秦中。

中国梦

炎黄华魂九鼎铸，

周公大梦话神州。

夸父逐日桃花盛，

嫦娥奔月逍遥游。

大同小康千秋愿，

江河^①呼啸奔无休。

秦皇扫合六雄灭，

帝制一统四海收。

武帝尊儒汉风立，

文景中兴生息休。

隋文挥鞭安天下，

贞观开元鼎盛悠。

宋祖释兵开文治，

大汗旌旗飘异洲。

洪武统疆中华复，

康乾国力领一流。

百年疾弱历屈辱，

---

① 指黄河、长江。

戊戌洋务复索求。
一腔热血唤黎众，
几番苦寻志莫筹。
辛亥三民图强志，
革命未捷鹤云愁。
日倭犯我铁蹄蹰，
兄弟携手报国仇。
红党竖旗辟新路，
自主独立显风流。
两弹一星惊天地，
国际要务展身手。
有为改革行大道，
无羁思想竞自由。
文武实力蒸日进，
国强民富争上游。
出囿入世融天下，
一国两制港澳收。
东海蛟龙伴航母，
阳关皓月牵神舟。
两个百年恢宏志，
月映万川金光流。
中华复兴行为径，
大梦成真景前头。

春节速写

春霄扁食①包祥愿，
热炕屠苏醉夜香。
墨字飞毫绘旧符，
灵童巧剪秀新窗。

滴滴夜漏话年事，
阵阵雷竹破晓苍。
梦忆怜童攒币趣②，
回眸顾镜鬓添霜。

---

① 扁食，即饺子。
② 孩子攒点零钱过年买花炮。

春帖拜年

一夜爆竹除旧岁，
五更瑞雪唱梅新。
红桃赤符门门焕，
送福春童对对临。

蛇岁词

龙归寒雪尽，蛇降瑞芝芳。
雷醒春牛地，梅开翠柳窗。

匆匆一岁过，渐渐两鬓霜。
切放冗嚣事，心宽日月长。

丁酉立春日吟五德鸡 ①

老舍柴门会稽公 ②，

银沙碧树沐高风。

凶牙利爪寻常斗，

米草石虫乐请朋。

日伴天音夜守更，

锦翎赤冠总昂行。

三冬锻就合群志，

一唱金喉万羽腾。

---

① 《韩诗外传》说"鸡有五德"。所谓"五德"，即文、武、勇、
仁、信。头戴冠者，称为"文"，有升官和获取功名之喻；
足傅距者，为"武"，公鸡成为武将的象征；敌在前而敢斗，
为"勇"；见食相呼者，称为"仁"；守夜不失时者，
称为"信"。民间有"天鸡报晓天下知"之说。

② 会稽公，鸡的别称。

和氏璧

荆山存大幸，蕴出奇世珍。

卞氏得尺璧，慧眼识其真。

拿与凡夫看，无人能许君。

献玉艰辛路，冷眼待热心。

足刖^①泪血断，满城莫敢矜。

剖璞现真面，群愕众口喑。

隋侯珠暗淡，连城价胜金^②。

列强咸觊觎，干戈欲争琛。

相如有胆略，完璧归赵人。

---

① 足刖，即刖足（yuè zú），断足，古代刑罚之一。出自李频《下第后屏居书怀寄张侍御》。

② "隋侯之珠"与"和氏之璧"并称为春秋两大奇宝，史书中多有记载。《孟子·让王》："今且有人于此，以随侯之珠，弹千仞之雀，世必笑之，何也？则其所用者重，而所要者轻也。"《墨子》："和氏之璧，夜光之珠，三棘六异，此诸侯之良宝者也。"《韩非子》："和氏之璧，不饰以五采；隋侯之珠，不饰以银黄，其质甚美，物不足以饰。"《淮南子·览冥》："譬如隋侯之珠，和氏之璧，得之者富，失之者贫。"

秦王夺珍璧^①，玺成天下尊。

富我九州国，安我万兆民。

千秋传国宝，佑我中华魂。

①完璧归赵，出自《史记·廉颇蔺相如列传》。

赵氏孤儿

赵氏一门代烈忠，
戎马戍疆莫比功。
晋灵不君屠良将，
老骥含辛负逆名①。

屠岸擅兵灭朔公，
满门抄剿不留丁。
苍天有知漏遗腹，
仇家残忍独根清。

杵臼知恩侠肝宏，
尽瘁折腰报主情。
程婴义胆舍亲骨，
泪养忠苗廿载风。

---

①《左传》中的《晋灵公不君》讲述了暴君晋灵的罪行。

武孤雪仇报恩公，
亲人告烈屋下空。
忠骨化作云烟去，
恸天故事传汉青。

关中麦客^①图

五月关中流火天，
八百秦川金浪翻。
成群赤膊出门去，
一条毛巾一把镰。
挥臂落汗图哪般？
眼望麦野碌肠馋。
梦盼苦尽娶新妇，
归来依旧羞体衫。
新夏麦客出秦关，
割机驰道毂辙连^②。
关中塞外千万里，
月半收过长城原。
轻芒重穗扫肤欢，
总把劳作化笑颜。
旧时苦工成故事，
今日麦倌锦衣还。

① 关中地区称收麦人为"麦客"。
② 现在的"麦客"都是收割机。

春回陕北

梦返山乡驭劲舟，
黑墙小路总乡愁。
黄鹂喉涩难为唱，
土壁纸窗花满头。

无定春开冰卷流，
暖崖旧柳新芽抽。
佝躯老父泪窗望，
热炕温茶话岁收。

悼吴仁宝 ①

本出簧门为官吏，

衣丰食裕无忧慌。②

看厌城郭市井事，

---

① 2013 年 3 月 17 日，得知吴仁宝病重，组织安排当时在宁夏扶贫办工作的笔者，带领西夏区副区长、宁夏华西村支部书记前去探望。18 日下午在家中见到弥留之际的吴仁宝。家里人着急地说："就等你们啦！"笔者握住吴仁宝的手说："宁夏华西村的人来看望您来了，宁夏华西村全体村民感谢您。"只见老先生微微点了点头。我们离开后半小时，吴仁宝去世。本文是笔者送给吴仁宝家属的悼念词。

② 吴仁宝，江苏江阴县华墅乡吴家基人（今江阴市华士镇华西村），中国农民的杰出代表、农民教育家、华西集团（公司）董事长、全国人大代表。当代中国农村干部的杰出代表，江苏省江阴市华西村原党委书记。历任江阴县委书记，华西村党委书记，江苏省政协常委，全国小康村研究会会长，中国扶贫开发协会副会长，华西集团公司副董事长兼副总经理，江苏省江阴县华西村党委、村委，企业集团总办公室主任等职。中国共产党第十、第十一、第十七次全国代表大会代表，第六、七、八届全国人大代表。曾荣获全国优秀共产党员、全国劳动模范、全国道德模范、中国十大扶贫状元等称号。

返乡躬耕务茶桑。

怜悯乡里艰难日，

铁肩担命开新窗。

同舟风雨集体路，

十载更生就小康。

身居江下牵西部，

三处华西皆康庄①。

新村建设辟大道，

共同富裕名华邦。

粗衣淡饭是享乐②，

实事求是一世刚。

美丽和谐早实现，

镜中凝留两鬓霜。

---

① 吴仁宝在宁夏和东北各支持建设了一个华西村。
② 吴仁宝一生节俭。

若尔盖草原之六月印象

新晨澈透白云天，

天路红衣向远幡。

墨浸层深木谷密，

星牛点鹤悠泉边。

帛草金花起伏山，

晕足踩地觉毛毡。

穹鹰湖鸟遥应唤，

丘外藏房起暮烟。

乌兰牧骑

奇葩一朵辽原开，

牧场农家惯往来。

筷舞长歌总理赞[①]，

毡房马背舞歌台。

---

① 筷舞，即筷子舞。周恩来总理高度赞扬乌兰牧骑。

贺兰山花草谱（外十二首）

兰山苦瘠无娇花，
君子芍丹自畏崖。
冽水寒溪响谷涧，
微花矮草岩隙扎。

野丁香

赤敛多羞野紫丁，
小时毛眼大双生。
芳香四溢多情客，
唯紫强看万树红。

刺玫

刺玫不畏阴坡寒，
碧叶红根金杈繁。
莫笑卑微不懂爱，

凝津顺气效为先。

忍　冬[1]

朝做玉白暮土黄，
攀枝附叶藤鸳鸯[2]。
衣霜帽雪忍冬过，
解落心愁散火肠。

术叶千里光

小芽陋脚岩隙藏，
万伞弥坡白露黄。
术叶无垂兔殿桂，
齐开九月千里光。

绣线菊

铺山绣线若菊开，
属列蔷薇六月白。
走兔雄雌孰可辨？

---

① 忍冬的花又称金银花。
② 忍冬又名藤鸳鸯。

生津利水色无衰。

西北枸子

有女邻家住半山，
白毛落尽伞红帆。
中春艳放金秋果，
种在中华叶果欢。

百里香

地椒麝草满坡荒，
入食包荷不见常。
采得三支赠勇士，
白驹驰过百里香。

小叶鼠李 [①]

叶鼠攀李挠胡子，
丝丝耀鉴琉璃枝。
风摇黑格铃儿舞，
橙赤黄蓝染树迟。

①　小叶鼠李，也称琉璃枝。

金露梅

繁星不寐金铺山，
不畏风霜沐苦寒。
品似红梅迎露笑，
花开遍地傲荒原。

灰　榆

根植峭壁无华名，
褐布身披瘦壤生。
淡看乔松化栋柱，
甘持寂寞了寒冬。

蒙古扁桃[①]

俗家叫惯山樱桃，
豆子根深立野郊。
恶漠凶光放胆唱，
稀存世上无常娇。

———————————

① 蒙古扁桃，也称山樱桃。

短尾铁线莲

山木通泉几弱条，
攀枝绕杈委身高。
惜人只道是毒草，
苦口良心虚肿消。

固原秋行

朝行红叶谷，午绕白云端。

大道直天际，归鸿叫日边。

高湖和树碧，低火闪星阑。

宿鸟惊芦荡，心神似化仙。

镇北堡西部影城

贺兰土厚天云新，
旧堡①残阳草木深。
闹去千年莫再问，
慧睛识得荒为金②。
黄泥一把椽三根，
化腐为神天下闻。
演尽人间百态事，
三番粉饰假成真。

---

① 镇北堡西部影城有明城和清堡两个堡子。
② 指作家张贤亮"出卖荒凉"。

承天寺塔

谁言瓦砾可承天，
香客虔心祷贵安。
大夏光辉悄然去，
风霜几度塔无残。
春秋岁变人更迁，
前迹曲直后驾观。
往日拓跋何处觅？
宜居乐业金银川。

观郝林海画感

松柏立天地，激流收劲帆。

春岁献芝草，花甲享富年。

笔端写果毅，钓笠见悠然。

书卷凝儒道，丹青画俳禅。

转作风有感

一令开出是雷霆，
雷池宝剑悬当空。
立木城南天下信，
丝丝碧柳招春风。
岱顶出泉高自清，
流行日夜涤心胸。
劲松喜作清风渡，
唤得晴空百鸟鸣。

感怀纪检系统查评事^①

辛丑年近尾，重担落吾肩。

压力若山巨，踌躇怯向前。

只因高手在，我心方坦然。

恰适网红驾^②，董哥亲驭辕。

子夜寻常走，一路语歌欢。

红梅严冬放，彩虹雨后艳。

阳春杜鹃语，文心梅骨坚。

莹莹粼波碧，光华照伟岸。

青虎坐地稳，大鹏翔九天。

选文彰华气，慧中流笔端。

---

① 2021年12月中旬，受命宁夏回族自治区纪委监委，笔者带领工作质量评查组，全区五个地级市每市抽取一个县，对纪检工作进行质量评查。工作人员除了自治区纪委有关负责人外，还有五个市的审理专家。大家夜以继日工作，高质量完成任务。笔者深受感动，作此文。

② 乘坐的车辆是一辆网红车。

男女皆才俊，青壮俱良贤。^①

审理权威将，系统也熟谙。

法条早铭刻，程序更精练。

手捧明光鉴，擦亮甄毫眼。

翻阅万千卷，识辨真伪间。

诊断针弊准，错漏何处掩。

宽严两相济，整改指方案。

南北一尺度，首尾平水端。

五市又五县，重任如磐坚。

众心凝一体，行动雷利剑。

乃锋以铁试，伸手见云端。

过家门不顾，寝食忘时间。

五更兼子夜，严冬不晓寒。

驰骋三千里，纵横十市县。

聚齐十二俊，奔波十九天。

痒倦全忽略，工作当圆满。

年末交岁首，笑语表心欢。

人生常聚散，此刻最涩言。

---

① 本段落暗含工作人员的名字：红梅、艳红、青虎、莹、选文、
春娟、文梅、耀翔、晓波、慧、阳、伟华。

诸君勤勉励，佳信常与传。

想我耄耋岁，诸君正当年①。

从君门前过，清茶赏一盏。

但愿人不老，岁岁把酒欢。

---

① 工作人员多为八〇后、九〇后。

四季五行伏歌^①

金秋火夏春生木，

冬水四时均挑土^②。

夏至三庚初伏临，

秋来庚再伏三入^③。

---

① 本文讲四时、五行和暑伏的关系。

② 五行之"土"分在四季，每季 18 天。

③ 夏至后第三个庚日进入伏天，立秋后第一个庚日进入末
伏。由一个庚日到下一个庚日为 10 天，这样，伏天就是
30 天或者 40 天，头伏和末伏是固定的 10 天，中伏或者
10 天或者 20 天。

玫瑰赋

花国有仙女，亭亭立名堂。

不称百艳帝，甘为花后皇。

头戴紫金冠，身披刺鳞裳。

严冬酿生力，春来化紫霜。

岁岁献美丽，浓淡两红妆。

莫若牡丹媚，与梅并呈祥。

夜做粉红梦，醒来绽蕤光。

日照千枝艳，露洒万层香。

纨绔试触手，畏棘缩袖堂。

蜂蝶群拥至，采得蜜为粮。

为爱降凡世，成就情鸳鸯。

秋尽身归去，人间留芬芳。

爬山虎

原本一懦汉，周身无硬骨。

若无攀着技，终生是匍匐。

号为爬山虎，墙树若父母。

无需人允诺，攀附凭厚肤。

日晒靠壁挡，雨打树搀扶。

风来墙头摆，水至随波逐。

不必劳筋骨，自言甚舒服。

树眠藤早绿，墙旧叶愈朱。①

寒风树衣落，严冬墙头哭。

雪压青松傲，来春藤又出。

---

① 指比树先绿，比树早红。

贺中国大飞机 C919 首飞成功 ①

华族夙梦翔高天，

怎奈国贫无力攀。

铁鸟今宵惊石破，

嫦娥醉庆广寒欢。②

开锋宝剑岂十年？

几代白头伛背捐。

衣风帽雪寒梅苦，

伟志商飞梦总圆。

---

① 中国商飞集团对口扶贫宁夏西吉县。笔者在宁夏回族自治
区扶贫办工作期间，对接商飞集团，更多地了解了中国
建造国产大飞机的情况。获悉 C919 大飞机试飞成功，激
动不已，作诗庆贺。
② 铁鹏，指大飞机；广寒，指广寒宫。

端午节喜闻神舟十发射成功

浴火金龙起瑞光，
神舟九度随游苍。
屈原把酒巡天问，
天上人间共午阳。

健康歌

昼行三千步，夜眠四时辰。

常餐五色食，午间养六神。

均衡享七情，饭菜饱八分。

香烟远离去，酒酪酌情饮。

杯乳加禽蛋，粗茶日日品。

多醋少酱盐，水果做点心。

无病不问药，慎用保健品。

鸡鸣起舞剑，午夜入梦寝。

淡泊少迁怒，平和宽待人。

钱财置身外，且戒贪欲心。

胸怀好生德，常感滴水恩。

贫富皆施舍，慈悲释怜悯。

家务随手办，戒懒乐勤奋。

爱好雅情趣，诗书画棋琴。

房舍宜通畅，花草营温馨。

享得天伦乐，膝下逗小孙。

常提精神气，持久葆青春。

耳聪且目明，毳耄齿发新。

腰挺腿灵便，百岁不老心。